ひらがなの天使

谷川俊太郎の現代詩

中村三春

七月社

［カバー図版］

表　パウル・クレー「希望に満ちた天使」（一九三九年）

裏　パウル・クレー「老いた音楽家が天使のふりをする」（一九三九年）

ひらがなの天使

谷川俊太郎の現代詩

◉目次

序

沈黙と雑音 谷川俊太郎の現代詩

谷川俊太郎の詩集『愛について』(一九五五・一〇、東京創元社)には、「*John Cage* に」の献辞を付した「音たち」と題する詩が収められている。

音たちが
河になりたいと思わずに流れてゆくが
いつのまにか音たちはいなくなり
そこには河が流れている

[……]

だが音たちが自分が何になるかを忘れて
謙遜と馬鹿を一緒に疲れたように

自分をすっかりむき出しに流れてゆくと
音たちはいつか河になっている
そして音たちは自分が河なのにもう気づきもしない
［……］
音たちは自分を見ずに
自分を生かしているものの中にいる
［……］
音たちは世界の中にまぎれこむ
月のめぐりのようにいつまでも歌っていて
月のめぐりのように気づかせず人の中にいる

……そのようにして音たちは帰ってゆく

（「音たち」）

ジョン・ケージ（一九一二〜一九九二）は、アメリカの作曲家で、現代音楽の旗手の一人である。十二音技法のアルノルト・シェーンベルクらに学んだが、その後実験音楽に傾倒し、一九三〇年代の終わりには、打楽器と弦に異物を挟んだプリペアド・ピアノを用いた作品を書いた。五〇年代に入ると、「易の音楽」（一九五一）や、楽譜に休止のみが記された「4分33秒」（一九五二）に代表される偶然性の音楽を推進し、五線譜ではなく図形楽譜をも駆使した。『易経』に啓示を受け、コイン投げや骰子(さいころ)などによるチャンス・オペレーションを用い、また鈴木大拙の禅の哲学などに影響を受けたことでも知られる。[1]「4分33秒」は沈黙の曲と言われるが、実際に演奏されると完璧な無音にはならない。人間が現場で演奏する限り、そこには必ず環境音や身体の音が入り込む。ケージは、「変化」（一九五八）と題する講演録で、「かつては、沈黙とは音の隙間のことであり、さまざまな目的に役立つものであった。〔……〕こうした目的や他の目標が何もないところでは、沈黙は別のもの——沈黙でなく、音、環境音——となる。その性質は予期することができず、つねに変化している」と述べている。[2]このくだりに触れて白石美雪は、「『我』もしくは『主体』として、自ら音を発しなくとも世界に音は鳴り続けているのであり、これからもそうであるとすれば、作曲家が休符で示している沈黙とは、作曲家が意図した音以外の、多様なノイズが響く時間となる」と解説する。[3]予期できず、常に変化の過程にある音は、楽音に対する雑音であり、必然に対する偶然である。作品「4分33秒」の意味・意義は多様に解釈できるが、様式において、それまでは雑音・偶然・例外状態とされた要素を導入または再導入することが、音楽のみならず、芸術における現代、あるいは現代芸術の歩みであったことは疑いもない。

「いつのまにか音たちはいなくなり／そこには河が流れている」とうたう谷川の「音たち」は、あたかもケージによる実験音楽の試みを暗示するかのようだ。「自分が何でもかまわない」、「ただ自らを投げ出している」、「自分を生かしているものの中にいる」とは、「音たち」が「河」「雲」「樹」そして「世界」と渾然融合し、つまり楽音も雑音もない状態として、境界を取り払われた境地が語られている。「そのようにして音たちは帰ってゆく」とは、どこへ帰ってゆくのだろうか。それは、音がその根源であり故郷である世界と一体化するということなのだろうか。その時、差異化され様式化された和声や旋律のような音として、もはや何かが鳴っているということはないだろう。従ってこの詩には、沈黙が、ある種の理想状態であるような境涯がうたわれているのである。ケージの音楽（あるいは「4分33秒」）に、そのような理想状態が認められているのだろうか。ちなみに谷川は、日本の現代音楽家、武満徹と親交を結び、武満に捧げられた詩やエッセーも数多くある。[4]

沈黙が、谷川の詩において最も重要な課題であったことは、はやく三浦雅士によって指摘されている。三浦は、「谷川俊太郎にとっては、書くことではなく沈黙することこそが世界に調和することである」と述べた。[5] 沈黙の観念に焦点を絞り、それと言語との関わりから谷川の詩的道程を丹念に検証したのが四元康祐である。四元は、「哲学者であるヴィトゲンシュタインが『語ることのできないものごとについては、ひとは沈黙しなくてはならない』（『論考』7）と述べて潔く口を閉ざすのに対して、詩人である谷川は『どんなに小さなものについても／語り尽くすことはできない／沈黙の中身は／すべて言葉』（「*anonym* 4」）という正反対の立場をとる」と論じている。[6] まさに四元の言うように、谷川は沈黙について、むしろ饒舌に語った詩人にほかならない。

人は正しく歌えない
無を語る言葉はなく
すべてを語る言葉もない

（「14　野にて」『六十二のソネット』）

うたうため　うたうため
私はいつも黙っていたい
私は詩人でなくなりたい
私は世界に餓えているから

（「牧歌」『愛について』）

沈黙という言葉で
沈黙をはるかに指し示すことはできる
だが沈黙という言葉がある限り
ほんとうの沈黙はここにはない

（「断片」『シャガールと木の葉』）

限りなく沈黙に近いことばで
愛するものに近づきたいと
多くのあえかな詩が書かれ

（「裸身」『こころ』）

言葉が
出来ないことを
音楽は
する

（「（問いがそのまま）」『虚空へ』）

詩人が詩を書く際に、唯一最大の技術をもたらすはずの言葉は無力であり、決して世界をとらえることができない。だが「私は詩人でなくなりたい」（「牧歌」）と呟くこの「私」は、しかしそのことを詩によって語るほかにない。初期のエッセー「沈黙のまわり」には明確に、「言葉をもって沈黙を語ろうとすることに、どんな意味があるのか。それにはむしろ意味はない」という前提にもかかわらず、「生きるために、詩人は言葉をもって沈黙と戦わなければならない。それが詩人の義務である」とする態度表明が見られる。[7]世界の本質である沈黙を言葉は語ることができず、言葉は世界をつかむことができない。これは、言語による世界把握の不可能性という信念である。その結果として、谷川の多くの詩の基調には、発語の一形態にほかならない詩の中心テーマがほかならぬ沈黙であるというパラドックスが生じ、また、そのパラドックスを抱えつつ書く態度に対するアイロニーが生じた。またそこから、「そして私はいつか／どこかから来て／不意にこの芝生の上に立っていた」（「芝生」『夜中に台所でぼくはきみに話しかけたかった』）とする偶然的到来者としての自己認識、または被投性の意識と、他者との交流の難しさについての感覚なども生まれてくる。右に年代順に挙げた詩の出典のうち、最も初期のものは一九五三年の『六十二のソネット』であり、最も新しい『虚空へ』は二〇二一年の詩集である。[8] 七〇年もの間継続して、沈黙の観念に対する谷川詩の傾倒は変わらない。

このような沈黙にまつわるパラドックスとアイロニーにより、谷川の詩は、詩の語っている内容が詩そのものの理念であるような、詩とは何か、詩には何ができるかに関する、詩についての詩、いわばメタポエトリーとしての性質を帯びることになる。しかし、「沈黙という言葉がある限り／ほんとうの沈黙はここにはない」（「断片」）とすれば、この問いかけは永久に解決されない。谷川のテクストは、必然的に発語の瞬間を尋ね続ける根源性・原初性・永遠性を身にまとい、また必然的に一つの形式・様式から次の形式・様式への変化を求めてやまない。沈黙を起点として、谷川の詩的営為は幅広いヴァリエーションを獲得してゆくが、その変移の渦中においても、谷川の言葉は不断に、沈黙へと立ち返っている。「言葉が／出来ないことを／音楽は／する」（「（問いがそのまま）」）という場合の「音楽」とは、このように持続するパラドックスのあり方に照らせば、ケージの実験音楽などを覆う言葉としてとらえられるだろうか。何しろそこでは、楽音と雑音、音と環境とは距離を失うわけであるから。谷川俊太郎が詩集『二十億光年の孤独』（東京創元社）を発行して詩人として出発したのは、ケージの「4分33秒」が発表されたのと同じ、一九五二年のことであった。

＊

本書は、谷川俊太郎の詩を、緩やかな繋がりとして、特に現代芸術（現代アート）の観点から読み直し、併せてその周辺を探るものである。[9]筆者は、詩集『定義』（一九七五・九、思潮社）を起点として、言葉による世界把握の不可能性という沈黙にまつわる問題系が谷川の詩的様式においてどのように展開したかを、『フィクションの機構2』（二〇一五・二、ひつじ書房）所収の論考「谷川俊太郎――テクストと百科事典」において追究した。本書はこれを発展させ、それを谷川の詩と現代芸術との交錯において明らかにすることを主な課題とする。従って本書で谷川の現代詩という場合、それは現代芸術としての詩、あるいは、現代芸術との関わりにおける詩というニュアンスを含む。本書の理論的な目標は、取り上げる幾つかの詩集のテクストを文体・レトリック・比喩などの言語表現に力点を置いて読解し、それを現代芸術との交点において評価することである。

長期間に亙って第一線で活躍する谷川の所産は厖大であり、またその活動も極めて多岐に亙っている。大人向けの詩のほか、子ども向けとされる詩や児童文学・絵本がある。レオ・レオニの絵本、マザー・グースの詩集、チャールズ・M・シュルツ作のピーナッツ・シリーズなど翻訳も数多くある。さらに校歌や唱歌の作詞、エッセーや詩論などのテクスト、写真集や写真詩、寺山修司との間の『ビデオ・レター』などの映像作品、TVドラマのシナリオなども含め、複数のジャンルに跨がる多数の作品が創作されてきた。[10]詩の形式を見ても、ソネット形式、事典文体、引用文集、手記風、ノンセンス詩、日めくり形式、写真詩、絵本詩など、様々なヴァリエーションに富んでいる。大岡信との対談『批評の生理』において、谷川は、「或る書き方で或る程度書いていくと、必ず自分のなかの一種の批評精神といってもいい内心の声が、こんなことを続けていたってしようがないじゃないかと、ささやきかけてくる。なにか違う声で語りたいということが、自分ではどうしようもなく出てくる。そういうものが潜在的に出てきたときに、そこで詩の書き方が変っていくということを、僕はほかの詩人に比べて極端な形で繰り返してきたような気がする」と述べた。[11] 谷川は表向き変貌する詩人であり、また多彩な顔を持つ多能な芸術家である。従って、右に述べた現代詩という観点からだけでは、谷川の芸術の全容を理解することはできない。しかし、この多彩と変貌を極める多面的な作品群において、詩的発語の条件への問いかけ、詩についての詩という特性は、陰に陽に谷川の営為には常につきまとっていて、それこそが谷川詩の現代芸術との繋がりの回路となる。谷川の詩は、詩そのものにおいて、詩の本質を問うことを核心とする局面を持つのである。

『二十億光年の孤独』と、それに続いて刊行された第二詩集『六十二のソネット』（一九五三・一二、東京創元社）は、谷川の最初期を代表する詩集として併称されることがある。だが、『六十二のソネット』は、優美なソネット形式を身にまとい、語彙も平易で、伝統的な抒情詩の規格に添うもののように見えながら、その読解は意想外に難しい。そのためもあってか、全体として論じられる機会に乏しい。冒頭の詩「1 木蔭」の「とまれ喜びが今日に住む／若い陽の心のままに」という二行から開幕するこの詩集は、戦後の詩に新風を吹き込んだ若い著者の作品として評価された。それは大岡信によって「感受性の祝祭の時代」の所産とされ、[12] また谷川自身によっても「青春の書」として位置づけられたが、[13] それはどこまで実態に即していただろうか。実際のところ、この詩集には、ジヨルジョ・デ・キリコの形而上絵画にも通じるような、抽象的・観念的なレベルで構成された様式が認められる。本書の第1章「言葉の形而上絵画——谷川俊太郎『六十二のソネット』」では、この詩集所収の詩について、倒置法や擬人法などの文体とレトリックに留意し、自筆ノートからの選択と再配列などの成立事情も考慮に入れて、そこに見られる存在・世界・廃墟・遠さなどのモチーフを明らかにする。この詩集は、芸術的現代の視点から再評価されなければならない。

谷川による詩についての詩、詩における発語の条件そのものの追究が、『六十二のソネット』、『愛について』、『あなたに』（一九六〇・四、東京創元社）など初期の詩集において見られることは、『フィクションの機構2』において既に明らかにした。これは、ノンセンス詩を展開した『ことばあそびうた』（一九七三・一〇、福音館書店）、百科事典のパロディ『定義』、メッセージ中心ではなく、語り掛け文体によるコンタクト志向の横溢した『夜中に台所でぼくはきみに話しかけたかった』（一九七五・九、青土社）など後続の詩集において、さらに尖鋭な形を採った。

『定義』の冒頭には、平凡社版『世界大百科事典』から「メートル原器に関する引用」が収録され、以後、百科事典文体のパロディ、パスティーシュによる散文詩が展開される。この一九七〇年代から八〇年代中盤にかけて、谷川の詩は一躍、現代芸術と呼ぶべき様式を分かち持つことになった。『コカコーラ・レッスン』（一九八〇・一〇、思潮社）は、これから詩になるはずの言葉の断片や、未定稿、「偽書」の「残闕」、質問集やロールシャッハ図版など、断片的で一見、配置の必然性を欠いた言葉のスクラップによって構成された、一種のスクラップ・ブックである。『日本語のカタログ』(一九八四・一一、思潮社)は、タイトル詩が二一個の異なる他人のテクストからの引用であり、日本語のサンプリング(見本抽出)となっている。この詩集自体が、マンガ、ビデオのプリント、シャム双生児の百科事典記事と写真、谷川の足型など、これもまた徹底的に断片化された既製のものの集積体としての体裁を備えている。

『日本語のカタログ』に触れた「インタビュー　言葉への通路・私への通路」によれば、谷川が写真・ビデオ・絵本など映像的なものに惹かれるのは、「エディティングとかモンタージュっていう考え方」を共有しているからであり、これらのカタログ詩集のコンセプトはそれと合流するものである。[14] エディティングによるモンタージュを宗とする詩人。これは、現代アートの論者たちが、シミュレーショニズム(simulationism)や流用アート(apropriation art)と呼んだ手法に合流し、さらに視野を広げれば、コラージュ、アッサンブラージュ、レディ・メイドなど、二〇世紀初頭以来の現代芸術の潮流にも位置づけることができる。[15] それはマルセル・デュシャンやアンディ・ウォーホル、さらにそれ以降の芸術動向にも比肩するものであった。本書では、第2章「現代芸術としての詩——谷川俊太郎『定義』『コカコーラ・レッスン』『日本語のカタログ』」において、これらの詩集を順次取り上げ、そのことの精査を試みる。

谷川が精力的に行ったレオ・レオニ、マザー・グース、チャールズ・M・シュルツなどの翻訳は、谷川自身の創作には、どのように関わっているのだろうか。それは、ひらがな詩の成立に関係している。谷川は、山田馨との対談において、「ひらがな表記という問題に関していうと、ぼくは絵本がはじまりだというふうに自分では認識してるんです」と発言した。[16] 谷川によるそれらの翻訳は、絵本や子ども向けということもあり、ひらがなを中心とした表記によっているのである。これらの翻訳活動が本格的に開始されたのは、『ことばあそびうた』など前述の詩的発語の探索が始まった時期である一九七〇年前後と重なり、これ以降、ひらがな詩が谷川の重要なレパートリーの一つとなってゆく。翻訳活動は、谷川のひらがな詩成立の大きな一契機となった。

谷川のひらがな詩は、自らが行ったこれらの翻訳のテクストに触発され、固有の様式として確立した。翻訳されたテクストは訳者の文体や語彙や表記の選択によって染色されるとはいえ、当然ながら原典によって枠づけられている。外部的な契機によって枠づけられ、その契機に触発されて詩が作られる。このような触発による創作（creation by incitement / creation by contact）は、パロディ、パスティーシュ、アダプテーションなど幾つもの種類がある第二次テクスト現象の一つである。すなわちそれは、テクストを別のテクストから作る操作の一つと言える。また触発による創作は、注文を受けて書く詩人、あるいは「職業詩人」（尾崎真理子による）としての谷川の持ち味でもある。[17] これらの作品においては、個人的な「私性」は、触発対象による枠付けと一体化した固有の枠の形でしか現れない。ひらがな詩において、一般的な意味における「私性」は存在しない。ケージの「4分33秒」が、単純な自己表出ではありえないのと同じように、谷川の多くの詩は、もはや単純に抒情詩（情を抒べる詩）とは言えない。ただし、それらの枠もテクストの様式の一部であるとすれば、そのあり方においてのみ、作者の固有名と結びつけられるような特異性の呼称を与えることもできなくはない。この谷川の詩における翻訳とひらがな詩の成立、そして「私性」の問題について、本書の第3章「翻訳とひらがな詩――谷川俊太郎のテクストにおける触発の機能」で取り上げよう。

ところで、詩集『愛について』において、詩「音たち」の前に置かれた詩は、「*Paul Klee* に」の献辞が付された「愛」であった。触発による詩の創作と、文芸以外の芸術ジャンルとの結びつきがさらに新たな展開を見せたのが、『モーツァルトを聴く人』（一九九五・一、小学館）と『クレーの絵本』（一九九五・一〇、講談社）、それに『クレーの天使』（二〇〇〇・一〇、講談社）である。モーツァルトにまつわる詩を輯めた『モーツァルトを聴く人』は、モーツァルトの楽曲と自らの朗読を収録したCDを附属するセットも選べるように刊行された。また、『クレーの絵本』『クレーの天使』は、パウル・クレーの絵画作品に触発された詩を、絵と並べて配置したヴィジュアルな詩集である。

このうち『クレーの天使』は、私見によれば谷川の詩の一つの到達点であった。それは、谷川詩の様式論的な特徴としての、対象からの触発、ひらがな表記、さらに音楽と深く関わる対位法的な構築手法に基づいて作られた。クレー自身が、音楽にも造詣の深かった画家である。『クレーの天使』は、クレーの天使画との関連のうちに、世界の不可触性、言葉の限界性、他者の不可知性、境界の相対性など、初期から谷川が培ってきた様々な主題を昇華し、緊張感と否定性を湛えた超絶的な作品群として結晶したのである。その実態を詳述する第4章「ひらがなの天使（上）――谷川俊太郎『モーツァルトを聴く人』『クレーの絵本』『クレーの天使』」および第5章「ひらがなの天使（下）——谷川俊太郎におけるクレーとモーツァルト」は、本書の中核をなす。

触発や接続は、単純に幸福な結果を導くとは限らない。広く親しまれ、長きに亙って愛読されている谷川の詩は、しかし必ずしも万人受けのする調和主義的な詩ではない。翻訳による触発は、右に述べたようにひらがな詩という貴重な様式を谷川にもたらしたが、またそれは雑音を再導入して詩の解釈を複数性の中に投入する仕組みをも実現した。今度は谷川の詩の英訳がそれである。ウィリアム・I・エリオットと川村和夫によって、谷川の多くの詩集が翻訳されている。その中でも『minimal』（二〇〇二・一〇、思潮社）は、刊行時にあらかじめ二人による英訳が併録され、原詩と訳詩とが順次収録される体裁を採っている。これは、単に英訳が併録されているだけでなく、読者が両方を容易に併読できる方式とも見える。

しかも、この翻訳は通常とは異なり、二人の訳者に谷川も加えて訳が検討され、いわば作者が監修する形で翻訳が行われた。この詩集はタイトルの通り、言葉数が少なく、一行が短いミニマルなスタイルの詩を収めたものであり、解釈が比較的容易ではない。山田兼士はこれに関連して、「日本語だけ読んで解釈に困った時、英訳が注釈になるわけです」と述べている。[18] しかし山田も実践したように、英訳をいわば注釈として読解を試みると、思いのほかに訳詩は原詩と齟齬を来す箇所が多い。文の区切りや修飾語の掛かり方、主語の問題、さらに語彙の置き換えに至るまで、こまごましてはいるが決定的な差異が両者には認められる。このような形で作者が監修した結果の英訳を、どのように位置づけたらよいのだろうか。これは、原詩と訳詩とを相互の参照関係に置き、意味を不断に攪乱し、そこに雑音を導入する手法ではないだろうか。本書の第6章「挑発としての翻訳――谷川俊太郎の英訳併録詩集『minimal』」では、「襤褸」(Rags)、「影法師」(A Shadow)、「小石」(A Pebble)など本詩集所収の詩を俎上に載せ、翻訳を雑音の様式原理として定位することを試みる。

二〇二〇年代に入ってからも谷川の詩集創作は衰えを知らない。『普通の人々』(二〇一九・四、スイッチ・パブリッシング)、『ベージュ』(二〇二〇・七、新潮社)、『どこからか言葉が』(二〇二一・六、朝日新聞出版)、そして『虚空へ』(二〇二一・九、新潮社)など、陸続と新詩集が刊行されている。変貌する詩人の面目は変わらず、物語形式、連作、ソネット形式など、詩集ごとに趣向を異にする。中でも米寿と掛けたタイトルの詩集『ベージュ』は、過去と現在とを対比し、老いを見つめる基調の中に、現代の社会やICT環境を凝視し、独自に批評する言説が登場する。さらに、谷川の詩において世界の常態とされ、詩的言語に荷重を課してきた沈黙の問題についても、改めて詩行が費やされている。発語の条件を見定めようとする詩についての詩を本領としてきた谷川の詩は、本質的に老いるということがない。赤子の生命に接する者が、その生命に触発されて存え(ながら)るかのように、谷川の詩は、発語の瞬間を見つめ続けることによって、永遠に原初的であり続ける。本書の終章である第7章「発語の瞬間を見つめて――谷川俊太郎『ベージュ』など」においては、このような谷川の詩の現在地を綴ってみよう。

本書で使用する谷川作品の本文として、いずれも思潮社刊の詩集集成である『谷川俊太郎詩集』

（一九六五・一）、『谷川俊太郎詩集　続』（一九七九・一）、『詩集』（二〇〇二・一）の三冊に収録されている『二十億光年の孤独』から『世間知ラズ』（一九九三・五、思潮社）までの詩集はそれを基礎に用いる。ただし、必要に応じて文庫版などの本文を用い、その場合は本文や注にその旨を記す。それ以外の作品については、単行本や文庫版などを必要に応じて利用する。エッセーなどが現行の複数の刊本に収録されている場合、注にその両方の出典を記載することがある。本書の本文中に谷川の詩を必要な限りにおいて引用するが、それがテクストの全部なのか一部なのかは特に記さない。引用文中の［……］は中略を示し、引用文に付された傍点・ふりがなは、すべて原文のままである。外国語文献の邦訳を参照する際、比較文学の要素の強い第4章と第5章では注に原書の情報を付記し、それ以外の章では省略した。

＊

ケージの試みに触れて、佐々木敦は、「『4分33秒』は『枠』と『出来事』という言葉にほとんど還元出来てしまうとも言えます」ととらえ、この「枠×出来事」というキーワードに、音楽のみならず表現行為を行う作品は還元できると主張する。[19] この場合、「枠」は演奏の場や長さの規定などの時空間に関わり、「出来事」はいわゆる楽音を鳴らさない休止と、そこに入り込む環境音である。同様のことを沼野雄司も、「いわばフレーム、額縁だけがここでは提出されており、その額縁で何を見る（聴く）かは指示されていない。一種のコンセプチュアル・アートともいえようか」と表した。[20] この時、「出来事」は環境音・身体音などとして生起し、決して完全な沈黙ではなく、「指示されていない」偶然と雑音に支配されることになる。ケージ自身、前の引用に続けて、無音室に入った者も高低二つの音を聞くとし、「高い方は、聞き手の神経系統が働いている音であり、低い方は血液が循環する音である。このことから明らかなように、聞くべき耳さえあれば、音は永久に聞こえるのである」と述べる。[21] ケージによれば、これこそが真に自由な聴取の行為に繋がるのである。従って、世界の本質は沈黙である、ということは、世界は音に満ちている、という逆説とも同義なのだ。それはいわば、世界が存在する証であり、それを聴くことは、聴く者としての自分が存在する証である。谷川俊太郎が沈黙について饒舌に語り続ける所以もそこにある。

谷川は田原（ティアン・ユアン）のインタビューに答えて、詩集『旅』（一九六八・一一、求龍堂）の時期にソネット形式を選んだのは「なんらかの型、すなわち詩の容器を必要としていたから」と推測し、自由詩を書いてきた自分が「詩を書こうとするとき一時的な形式を自分に課するほうが書き易いという傾向があります」と語っている。[22] 谷川の詩は一般的に、ソネット形式のほかにも、対位法・反復・倒置法などの顕著な形式によって枠付けされている。さらにそれは、詩法解説書『詩ってなんだろう』（二〇〇一・一〇、筑摩書房）に、「いろはうた」「アクロスティック」「つみあげうた」など多数の詩形式が取り上げられたように、種々の形式的な試みによって彩られる。谷川はテクストに「枠」を用意し、その「枠」の中で沈黙という語で言い表した世界の存在と、その存在を見つめ続ける主体のあり方を詩としてうたい続けた。しかしその「枠」は実に豊かな多様性に溢れている。変貌する詩人としての多様な詩集のあり方については、既に触れたところである。また厖大な数に上る詩群のその「枠」の中で生起する「出来事」も、意想外な広がりを持ち、様々な雑音に満ちている。谷川の詩における「枠」とはどのようなものだろうか。そしてそこにおいて、あなたはどのような「出来事」に出遭うのだろうか。

第1章　言葉の形而上絵画　谷川俊太郎『六十二のソネット』

1　形而上的構成主義——「31」

本章では、第一詩集『二十億光年の孤独』（一九五二・六、東京創元社）に比して、正面から取り上げられることの少ない谷川俊太郎の第二詩集『六十二のソネット』（一九五三・一二、東京創元社）を対象として、谷川の詩の原基となった様式を確認する。戦後詩としての初期谷川の詩業について、吉本隆明は「社会的主題をえらんでも、個的な体験を主題に撰んでも、詩の表現意識自体のなかに、内部世界と社会現実との接触する際の格闘があらわれないこと」を「特長（ママ）」とする「第三期の戦後派詩人」のグループに谷川を括り入れた。[1] また、そのグループに括られた大岡信は、「感受性の祝祭の時代」としての一九五〇年代の詩人たちのうちに、谷川を数え入れていた。[2] 後者は前者に対する反論、または発展とも見られる。これらの評価が、当時の谷川の詩風に対する基本的な見方を形成してきた。そして、この「感受性の祝祭の時代」の詩の例として大岡が初めに挙げているのが、ほかならぬ谷川の『六十二のソネット』所収の詩「31」であった。大岡はこの詩について、「日本の近代詩において、かつてほとんど気付かれたことのない方法」を認め、「つまりそれは、感受性そのもののの祝祭としての詩なのであって、この詩のリアリティは、かかってその一点にある」と分析する。[3]具体的には、第一連を「不条理な言葉の進行」と見なし、「論理的な観点からするなら全くあり得ないこのような表現が、にもかかわらず、あるリアリティをもってわれわれに迫ってくるのは、それが感受性の祝祭としてのコンティニュイティを底流としてもっているからにほかならない」と、やや詳しく論じている。[4]

この評言は、「31」の第一連が「不条理な言葉の進行」であるとする解釈と、それが「感受性そのものの祝祭」であり、そこに「この詩のリアリティ」が存すると評価したものと約言できる。「31」は次のような詩である。[5]

世界の中の用意された椅子に座ると
急に私がいなくなる
私は大声をあげる
すると言葉だけが生き残る

神が天に嘘の絵具をぶちまけた
天の色を真似ようとすると
絵も人も死んでしまう
樹だけが天に向かってたくましい

私は祭の中で証ししようとする
私が歌い続けていると
幸せが私の背丈を計りにくる

私は時間の本を読む
すべてが書いてあるので何も書いてない
私は昨日を質問攻めにする

（「31」）

「世界」には「私」のための場所が「用意」されているが、そこに「私」が位置を占めると、「私」は「世界」に吸収され、または融合した形となり、外見上は「いなくなる」。そこで驚いて、または恐れから「私は大声をあげる」と、その声が「言葉」となり、その「言葉だけが生き残る」、つまり詩が作られる。

これは現実的な秩序に則った出来事とは思われない。従って、その意味では確かに大岡の言うように「不条理」である。ただし、この「世界」と「私」、そして「言葉」の関係は、『六十二のソネット』の基調を成すモチーフを構成している。「世界」から「私」が不在となることによって詩が生まれる。「世界」が「私」を受け入れることが、同時に「世界」と「私」との間の疎隔を生み、詩は、まずはこのような「私」の「世界」との間のパラドックス的な関係を糧として胚胎するのである。またこれは感受性や感性が根底となった表現と推測することはできるが、少なくとも言葉の上からは、高度に構成された行文であり、決して感性を単純に吐露したものではない。それは「リアリティ」すなわち現実性という水準で計れるものではなく、むしろ「世界」における「私」の存在のあり方と、そこから「言葉」が発出される様態に即して、存在論にも似た詩法を語る、詩についての詩としての性質が感じ取れる。ちなみに、「私がいなくなる」のは、後で触れる詩集結尾の詩「62」にも通ずる事態である。

さらに、第二連以降を含めて「31」を通読しても、そこから感受性という発想を得るのは難しい。「神が天に嘘の絵具をぶちまけた」「私は祭の中で証ししようとする」「私は時間の本を読む」などの語句は、感受性（sensitivity）という外界の受容を要点とする感覚とは異なり、抽象的な次元において、より高次に構成された詩句と言わなければならない。その構成は、いったん各々の単語を独自の抽象的観念に集約し、その集約された観念の地平において再構成するものである。これにより、語句の意味は日常的水準とは異なる理法によって運用され、その世界は一種の形而上学の下に支配される。その結果、語と語との接続は、ジョルジョ・デ・キリコの形而上絵画やシュルレアリスムなどの現代芸術に現れるような、一種のデペイズマン（dépaysement、意想外の置き換え）として現れる。これが、「不条理な言葉の進行」と大岡の呼んだ事態である。

この詩集には、辞書的意味として難解な言葉はほとんど登場しないが、その言葉の配合が作り出すテクストからは、詩的意味を単純に取り出すことができない。これは、平易であるからこそ難解な、形而上的に構成された詩と言うべきである。大岡の言う「日本の近代詩において、かつてほとんど気付かれたことのない方法」を認めるとすれば、それはこのような形而上的構成主義と言うべきものだろう。『六十二のソネット』の様式からは、デ・キリコの形而上絵画のような印象を受ける。もっとも、大岡が「感受性の祝祭の時代」と呼んだのは、吉本が「第三期の戦後派詩人」と名づけ、「社会現実」を没却したグループと見なしたネガティヴな評価を反転する美点を前景化したためであり、感受性という言葉も、社会に対する個人、現実に対する感性の優位を説くものであっただろう。そのように考えれば、右の大岡の評言が「31」の解釈として当を失するものだとまでは言えない。

他方で、谷川自身も『六十二のソネット』について発言を残している。エッセー「自作を語る」では、「〈六十二のソネット〉は私の青春の書である」、「〈六十二のソネット〉全体は、大ざっぱにいえば、ひとつの生命的なほめうたである」と全般の様式を概括する。[6] また細部については、最後の詩「62」に触れ、「この世界は world ではなく cosmos である」とし、「ひとは一人の女を意味し、人々は人を意味するという使い分け」があり、「起承転結の技術には殆ど無関心」に書いた、などと挙げている。「私の青春の書」という同じ言葉は、エッセー「あふれるもの」にも現れる。[7] しかし、作者自身の実感は別として、率直に言って難解なこの詩集を読んで、単純に「青春の書」と感じられるだろうか。また、「生命的なほめうた」という解釈や、「起承転結の技術には殆ど無関心」という意識も、後述の通り、実際のテクストにそのまま的中するものとは思われない。

さらに、詩集の展開の問題がある。『六十二のソネット』は、三部に分けられており、「Ⅰ」は詩番号の後に題名が付され、「Ⅱ」「Ⅲ」は付されていない。大岡信は別の評論において、「Ⅱの章で、一人の『ひと』の影がこの地平にあらわれ」、「Ⅲの章では、『ひと』は明らかな愛の対象であり、地の豊かさの証明である」と解釈し、「『ひと』を愛することによって、谷川は『世界』を愛し、『ひと』を抱くことにおいて『世界』を抱いた」と論じた。[8] 後年、谷川は山田馨との対談においても、当時は「流れるように詩が書けた」と述べた上で、「ひと」は「現実の女性を指しているわけですよ」と述べている。[9]

このことを検証すると、「人」は詩集巻頭の「1 木陰」から登場するが、「ひと」が最初に用いられるのは「Ⅱ」ではなく、「Ⅰ」の終わりから二つめの「23 雲」であり、続いて「Ⅰ」最後の「24 夢」にも現れる。「Ⅰ」ではこの二編、「Ⅱ」では「26」の一編、「Ⅲ」では「49」「54」「62」の三編に、「ひと」が用いられる。なお、「52」には「ひとびと」がある。これらの「ひと」が、すべて同じ「現実の女性」を指すのか、また、大岡がまとめたように、「ひと」の登場が発展する物語のように機能するか否かは、解釈の帰結でしかない。[10] 概観としては、大岡の説いたほど、顕著な発展的構図は認められない。少なくとも、谷川と同じく一九五〇年代から活動し、詩における虚構の様態について、いわば詩の言語論的転回を主張した入澤康夫が、「どんな作品においても《詩人》と発話者は別である」[11] と述べたことに照らしてみれば、流布している谷川の発言を、そのまま作品の読解に適用する手法は、控えめに言っても、相対化されなければなるまい。

発表当時も今も話題の尽きない、華やかな『二十億光年の孤独』に続き、これと併称されるのが常である第二詩集『六十二のソネット』は、意外にも感触的にしか受容されていない。ここでの主意は、吉本や大岡の思潮史論を批判することではない。何よりも詩や詩集そのものを、言葉の配列に即して読み解くことを抜きにして、詩の受容はあり得ないということ以外ではない。

2 存在の連鎖――「1 木蔭」

試みに最初の「1 木蔭」を題材として、この詩集のテクスト様式を概観してみよう。

とまれ喜びが今日に住む
若い陽の心のままに
食卓や銃や

神さえも知らぬ間に

木蔭が人の心を帰らせる
今日を抱くつつましさで
ただここへ
人の佇(たたず)むところへと

空を読み
雲を歌い
祈るばかりに喜びを呟く時

私が忘れ
私が限りなく憶えているものを
陽もみつめ　樹もみつめる

（「1　木蔭」）

冒頭の「とまれ喜びが今日に住む」の「とまれ」は、この詩集の開幕を告げる言葉として、この上もなく印象的であり、また効果的でもある。「とまれ」は「ともあれ」の音変化形で、本来は「いずれにしても」や「ともかく」と同じく、ある事象の存在を前提または仮定し、その事象の存否にかかわらず、次の本文内容が成立することを示す。端的には、その前提に対する対比の感覚を含むだろう。この場合はその前の発話を受けるはずであるが、詩集の冒頭に置かれているため、先行する文は存在しない。「AとまれB」のAは存在しないのである。従って「他のことはどうであれ」の意の独立した用法となるが、逆説的にAまたは「他のこと」の存在は示唆される。それは明示されないために気掛かりな謎として暗示され、同時に、その前提から突然現れた発話として、この言葉は自らをその前提から切り離す。その逆説が以後の詩にも分有されるからこそ、この冒頭の言葉は印象的であり、かつ効果的なのである。この「とまれ」はこのように、詩的修辞学の領域に存する強力な機能を持つと言わなければならない。

ちなみに、『六十二のソネット』は、当初九八編の詩が記された自筆ノートから、六二編の詩が選ばれ、再配置された詩集である。[12]「1 木陰」は、自筆ノートでは当初一七番目にあり、それが詩集編纂時に冒頭に移された。[13] 自筆ノートでその直前に位置していたのは、「未発表36篇」のうち「13(ただ限りなく知られぬことがある)」であった。[14]「ただ限りなく知られぬことがある／野に　街に僕の中に――そうしてしかし／僕は動かねばならぬ／心を泣かせぬために」という第一連で始まるこの「13」の言葉は、やや暗鬱な中に決意を示して重く響く。この後に「1 木陰」が続いた場合には、その「喜び」の感覚が対比の意味を帯びることになったかも知れない。しかし、その配列は組み替えられた。右に述べたように、詩集として完成された編集の結果を問題とする限り、この「とまれ」は対比ではなく、むしろ切断のニュアンスが強くなる。あるべき事象の前提や仮定がないところに、突然のように出来するテクスト。そのような切断の感覚を帯びて、この詩、ひいてはこの詩集が開幕する。そのことは、この詩とこの詩集を、一種の断片（fragment）として受容させる効果を上げる。このような断片化は、「1 木蔭」の開幕にとどまるものではなく、『六十二のソネット』の基本原理の一つとして数えることができる。

一方、語られない前提・仮定に対し、「とまれ」は詩のテクストを内部として意味づけ、それに対して語られない外部を暗示する。そのことは、詩の時空間に、「今日」「ここ」という今・ここの拠点を、特異点としての領域として発生させる。さらに、「人の心を帰らせる」「ただここへ」により、その特異点へ向かう求心的なヴェクトルの運動が、設定されている。その特異点にあって「私」は、「忘れ」ているもの、「憶えているもの」を解放する。それを「陽」も「樹」も「みつめ」ており、その「みつめ」る視線は周囲にあって「私」を取り囲む。こうして「私」は、「陽」や「樹」とともに、世界の連環の中に位置を占めるのである。「喜び」とは、この解放区を覆う協調の属性を言い表す言葉にほかならない。そしてその解放区こそが「木蔭」なのだが、その「人の心を帰らせる」場所は、それが内部であり特異点であることにより、容易に詩や詩集というテクストを想起させる。第三連において「空を読み／雲を歌い／祈るばかりに喜びを呟く時」とあるのは、この詩が、詩の生まれる環境そのものをうたった詩であることを意味する。「とまれ」で開幕するこの詩「1 木陰」は、冒頭に置かれることによって、このような詩についての詩としての機能を解発されるのである。

この巻頭の詩に関する限り、これが、とにかくも「喜び」の存在を言祝ぎ、「喜び」を言葉にすることを通じて、「陽」や「樹」とともに存在の連鎖の間に位置を占める「私」のあり方を描き出したことは確認できるだろう。しかし、『六十二のソネット』は全編がこのような詩ばかりではない。すぐ次の「2 憧れ」において、そのような単純な見方は否定されなければならない。

3 倒置法——「2 憧れ」など

順序を組み替えて三部に再配列された『六十二のソネット』は、たとえば「I」の初めの一〇編の詩は、順に自筆ノートの一七、二七、三一、一五、三〇、三三、六、九、二〇、二三番目の詩を配列したものである。[15] このことは、見かけ上、詩の配列に内容上の連続性が認められたとしても、それは最初からあったのではなく、構成されたものであることを意味する。次に、「2 憧れ」を読んでみよう。

初夏の陽の幸福な宿命の蔭で
私の希(のぞ)みはうとんぜられ
私の憧れだけが駈け廻った
はかなしとふり返る暇もなく

信ずることなく愛してしまった
すべてのゆかしいたたずまいを
それを誰の媚態と云えるだろう
野も雲も愚かなものと知りながら

やがて私の小さな墓のまわりに
人と岩と空とが残る　しかし
いつまでも誰が明日を憶えていよう

私は神をも忘れてしまった
生きないで一体何が始まるのだ
初夏の陽の不思議に若い宿命の蔭で

（「2 憧れ」）

この詩は、自筆ノートでは二七番目に書かれ、当初は「神を忘る」という題名であった。[◉16] 第一、二、四連に顕著な倒置法が見られる。遡って倒置法は「1 木蔭」でも、第一、二連に現れていた。また、前掲の作者の言葉に反して、内容はかなり明白な起承転結となっている。なお、起承転結はもとより、倒置法か否かの判断も解釈に依存するのであり、解釈の格子に対して相対的となる。

ところで、倒置法は『六十二のソネット』の全体に散在するが、特に「I」においては頻出し、全二四編のうち倒置法を含まないのは「16 朝3」「18 鏡」「21 歌」の三編だけである。これが「II」では、全二四編のうち倒置法は「33」「37」「39」「40」「42」「46」の六編のみにしか現れない。[17] さらに「III」では一四編のうち倒置法は九編で用いられ、再び多くなっている。[18] 日常言語では通例、重要な内容は先に言うことが多いが、詩的文法においては、むしろ倒置される部分が強調されるのが通例である。特に、この「2 憧れ」の場合、三つの倒置法はいずれも各連の最終行に後置節が置かれ、印象に残る効果を挙げている。ちなみに、谷川は自分がソネットを書いた「お手本」として、「まあ、一番大きいのは立原道造ですよ。一番流行っていたしね」と述べている。[19] 立原の詩は、菅谷規矩雄がそれを「錯叙」と呼ぶほどに極端な倒置法の宝庫であった。[20] ソネットにおける倒置法を多用した文体は、谷川が立原から受け継いだものかも知れない。

この詩は、第一連第一行と、第四連最終行とが変形を伴う反復の関係になっている。反復は、後の章で詳しく扱うが、谷川の詩の総体を通じて、第一の様式特徴となるものである。「初夏の陽の幸福な宿命の蔭で」(第一行)と、「初夏の陽の不思議に若い宿命の蔭で」(最終行)とを比べると、「幸福な宿命」が「不思議に若い宿命」に取って代わられている。元々、この詩は「幸福な宿命」そのものをうたったのではなく、その「蔭」において進行するところの、必ずしも幸福でない事態を描くものである。その事態とは、題名にある「憧れ」の振る舞いによるのである。

「幸福な宿命」の外見の内側で、「希み」が「うとんぜられ」た結果、「憧れだけが駆け廻った」という「私」は、急かされるように（「はかなしとふり返る暇もなく」）、「信ずることなく」人間と環境（「すべてのゆかしいたたずまい」）を「愛してしまった」。それら（「野も雲も」）は「愚かなもの」だが、単に「媚態」を示すのではない。「私」は、最終的には人間と環境（「人と岩と空」）の中で「小さな墓」に入るほかにない。しかし、「誰が明日を憶えていよう」。すなわち、「私」の営為は未来には続かない。そこには、「神をも忘れて」ただ生きることのみが残される（「生きないで一体何が始まるのだ」）。従って、「不思議に若い宿命」とは、表面はともかくとして、内実は明確な意味を欠き、断片化された生を余儀なくされる「宿命」である。信頼も信仰もなく、ただ人と環境を愛する直接性こそ「憧れ」の属性であり、それは根拠を持たないことを根拠とするような「私」の態度にほかならない。

存在の連鎖に対する信頼を基調とした「1 木蔭」に対して、「2 憧れ」は、むしろ人と環境（「人と岩と空」）の中で「小さな墓」に入って孤立し、信頼も信仰も持たず、ただ「憧れ」だけを持ち、生きることを語っている。あるいは、「幸福な宿命」とは、「1 木蔭」で示された「喜び」の生を指し、「2 憧れ」は、その裏側にある「喜び」の限界点を暗示したとも言える。そして、以後『六十二のソネット』という詩集は、容易に概括することを許さない、多様性と独立性の高い構成力を見せつける詩の群によって構築される。これは断片化された様式と呼ぶこともでき、少なくとも単純に「生命的なほめうた」の連続ではない。求心力と遠心力、存在の肯定と相対化の相半ばする両義性が、これらの詩をパラドックスとアイロニーに満ちたものにしているのである。平易であり、かつ難解な谷川詩のテクスト様式の基礎を、このような断片性と両義性に求めてもよいだろう。
『六十二のソネット』における倒置法の効力について付言しなければならない。たとえば、「24 夢」では、四連すべてにおいて倒置法が用いられている。倒置法自体が反復されてリズムを作る。

ひとときすべてを明るい嘘のように
私は夢の中で目ざめていた
私は何の証しももたなかった
幸せの思い出の他に

ひとの不在の中にいて
今日　私はすべてを余りに信じすぎる
そうしてふとひそかな不安が私を責める
不幸せさえも自らに許した時に

樹の形　海の形　そして陽……
風景の中のひとを私は想う

そのままに心のようなその姿を

私はかつて目ざめすぎた
今日私は健やかに眠るだろう
夢の重さを証しするために

（「24 夢」）

冒頭の「ひとときすべてを明るい嘘のように／私は夢の中で目ざめていた」。ここでは、眠りと覚醒、夢と現（うつつ）とのステイタスが通常とは反転され、その反転の意味と倒置法とが、まさしく並行するものとなる。すなわち、夢の中で目覚めるとは、単に目覚めた状態よりも明晰になることである。現とは「明るい嘘」にほかならない。夢の中の覚醒は、明察の契機である。「幸せの思い出」以外に「何の証し」も持たない「私」は、「ひとの不在」の中にあって、「ひそかな不安」「不幸せ」に取り囲まれている。その思いや、幾つもの情景と「ひと」について、「私」は夢の中でこそ明証に達する。眠ることこそがその近道であり、そこでは「夢の重さを証しする」ことができる。とはいえ、この詩の「私」が、今「幸せ」なのか「不幸せ」なのか、一義的に言うことはできない。ここでも反転と倒置法は、パラドックスとアイロニーに満ちている。その他多くの詩においても倒置法は有力な機能を帯び、『六十二のソネット』の大きな様式特徴となっている。

4　故郷の解体――「3　帰郷」など

さらに、次の「3　帰郷」に至って、「2　憧れ」に見られた限界点はより鮮明となる。

ここが異郷だったのだ
わびしい地球の内玄関で
私は奥の暗さにひきこまれた
いろいろな室（へや）の深く隠微なたたずまいに

私が誰か？
帰るすべを知るよしもなく
私は便りを書き続ける
私の限りの滞在について

もはや他の星に憧れず
この星に永遠よりもおもしろく住むことについて

しかしなおいつか帰るとの二伸と共に
おそらく私の予期せぬ帰郷がある
親しい私の異郷からの
私のいない　私の知らない帰郷がある

（「3　帰郷」）

冒頭の「ここが異郷だったのだ」とは、「地球」そのものが既に異郷であることを示す。「内玄関」から見た「地球」は、「奥の暗さ」「いろいろな室の深く隠微なたたずまい」の語句によって、見知らぬ他家のような違和感とともに描出されている。そこで「私」は、「私が誰か?」も分からないにもかかわらず、「便りを書き続ける」。異郷から書く手紙は故郷への便りなのだろうが、その故郷がどこにあるのか、果たして存在するのかは明確ではない。「帰るすべ」もまた分からない。「限りの滞在」は、かりそめの滞在、あるいは、これを限りの滞在ということだろうか。いずれにせよ、自家のはずの「地球」が「異郷」である限りにおいて、故郷は見失われ、しかも本来の故郷がどこかも定かではない。

この詩もまた、顕著な倒置法を伴っている。第一連と第二連の各々の第四行はそれぞれ後置節であるが、特に、第二連第四行「私の限りの滞在について」と、第三連第一・二行目「もはや他の星に憧れず／この星に永遠よりもおもしろく住むことについて」とは同格であり、いずれも第二連第三行「便りを書き続ける」の補語的な位置を占める後置節である。さらに第三連第三行「しかしなおいつか帰るとの二伸と共に」は、「便りを書き続ける」に対する第二の補語であって、遠く離れた後置節である。要するに第三連は第二連に対して、全体として倒置法を構成している。この倒置法によって、第三連は、第二連に対して残響のようにぶらさがり、それによって内容を相対化されるようである。すなわち、他の星に憧れずにこの星に永遠におもしろく住んだり、いつか本来の故郷に帰還することが、果たしてできるだろうか、否、その可能性は明らかではない、というアイロニーが感じられる。だからこそ、最終連で述べるように、「帰郷」は「予期せぬ」ものとならざるを得ない。それは突然の訪れであり、決して確証できない「帰郷」にほかならない。この詩もまた、第二連と第三連の大胆な倒置法にもかかわらず、あるいはそれゆえにこそ、一種の起承転結のように展開している。

この「私の予期せぬ帰郷」、すなわち「親しい私の異郷からの／私のいない　私の知らない帰郷」とは、故郷と異郷とがどちらも実体として明確でない「私」の、観念のみの帰郷である。帰るべき根源が明確でないのに、ただそこへ帰ろうとする帰郷行為のみが言明される。空間はここで、「地球」および「この星」と「他の星」、あるいは故郷と異郷の二つに分割されているが、「地球」が「異郷」として規定されたために、二つの空間のどちらもが、故郷でありかつ異郷でもあり、同時に故郷でもなく異郷でもないという錯綜した状態にある。言い換えれば、実体として故郷・異郷は存在しない。現在の立脚地は認識されていても、それは断片化された場所であり、より本来的と想定されるような、いかなる場所とも一致しないのである。

谷川の読者であれば、「3 帰郷」に前後のコンテクストを付与することは容易である。「人類は小さな球の上で／眠り起きそして働き／ときどき火星に仲間を欲しがったりする」（「二十億光年の孤独」、前掲『二十億光年の孤独』）という地球外から「人類」を対象化する視線、あるいは「そして私はいつか／どこかから来て／不意にこの芝生の上に立っていた」（「芝生」、『夜中に台所でぼくはきみに話しかけたかった』、一九七五・九、青土社）のような詩句に見られる、出自の不明な偶然的到来者としての「私」は、谷川の詩の大きな特徴であった。またこのような故郷と異郷との錯綜した感覚は、日本の近代文芸にも多くの類例が見られ、そのことは日本の近代化および近代主義の問題と深部で繫がっていると考えられる。[21]

そして『六十二のソネット』にも、故郷（根源）と異郷を扱った詩は幾つも含まれている。たとえば「37」では、「私は私の中へ帰ってゆく／誰もいない／何処から来たのか？」と、自我の核、及びその根拠地（故郷・根源）の不在が語られるが、それが不在であるからこそ、むしろ遍在への期待（「私は光のように遍在したい」）が生まれる。「私」が「愛」に気づくとしても、それは「郷愁のように送り所のない愛」でしかない。根拠地のない時空間は、断片化された時空間、あるいは座標軸のない世界であり、ほのかな郷愁はあっても、自分がどこにいて何であるのかは不明なのである。また、「愛」について、「人はそれを費ってしまわねばならない」と断言される。ここで「愛」は、核のない「私」が世界と結びつくための志向性のことである。その志向性は、エコノミーとして（「費ってしまわねばならない」ものとして）ある。しかしそれは、何らの価値も生み出すことはなく、ただ「歌のように捨てられる」ほかにない。とはいえ、それはことさらに悲劇ではなく、「生まれは限りない」者としては、それが常態なのである。

また「41」では、「空の青さをみつめていると／私に帰るところがあるような気がする」と述べられる。だが、「気がする」だけで、「帰るところ」（故郷）は明らかではない。「私は宇宙以外の部屋を欲しない」ので、「宇宙」そのものがいわば故郷だからである。すなわち、今・ここにあることだけが確かである。ただし、存在そのものが時空間にとってはダメージとなる（「在ることは空間や時間を傷つけることだ」）。なぜならば、時空間は、それ自体で充実し完成しているからである。「私が去ると私の健康が戻ってくるだろう」の一文は、パラドックスを構成する。その意味は、「私」の存在が常に既に、ありうべき本来性に対する違和感としてあるということだろう。というよりも、その本来性そのものが、本質的な違和感の起源なのである。

さらに「43」では「ふと大きな不在が目をさます」と語られる。この「不在」は、「私を知らぬものたち」と関連し、そこにおいてこそ「風のような幸せに気づく」のだから、やはりここでも「私」の本来的な場所は存在しない。しかし、その場所の存在しないことの認識において、「私」は帰還の実感を得る（「その時私は帰ってきている」）。たとえて言えば、カミュの『異邦人』（一九四二）の結末のように、「私」に対する周囲の無関心が「私」を安心させる。言い換えれば、故郷のないことこそが故郷にあることにほかならない。このほか、「44」や「54」も、このような故郷と異郷にまつわるパラドックスと関わりが深い。

これらの詩において存在の故郷（根源）は、実体としては存在せず、むしろ帰郷という志向性によってのみ立ち現れる。しかも、そのようにして得られた観念としての故郷もまた、本来的な場所ではないことが含意される。すなわち、根源への帰還が、根源の非同一性を伴って志向され、故郷も異郷も有機的な全体構造を失って断片化されているのである。これは、たとえば「『帰郷』とは、根源への近接に帰りゆくことである」と論じて抒情詩を存在論的に総括したハイデッガーの詩論とはまさに逆行する様式である。[22]また、菅野昭正が総合的に論じた日本近代詩における帰郷の問題とも、相当に異なる様相を呈していると言わなければならない。[23]萩原朔太郎・伊東静雄らを筆頭とする故郷探索と故郷喪失の題目は、いずれも前橋や諫早といった現実の地誌と密接に結びついた、その意味で現実的な詩情であった。だが谷川詩、特に『六十二のソネット』の場合、それは現実のどの地理とも関係のない、いわば純粋化・概念化された根拠地と呼ぶほかにない。そしてそれらの近代詩とは異なり、谷川詩の場合には、故郷の問題は概して詠嘆や余情を伴わない、一種の存在論のように展開する。『六十二のソネット』集中の詩の多くは、抒情詩（情(こころ)を抒(の)べる詩）ではない。しかもその存在論は、決して存在を確証しない。

5　擬人法・遠さ・廃墟――「12 廃墟」など

存在論のように展開する『六十二のソネット』の言葉遣いは、人間や事物・事象の存在を同列に扱うものである。このこととと並行して、擬人法が多用され、これが倒置法と並んで、もう一つの大きな様式特徴となっている。幾つかの詩を挙げてみると、たとえば「35」がその好例である。

街から帰ってくると
私の室にそしらぬ顔で静けさがいる
私が黙って窓を開けると
黒い絵の流れこむ気配がする

灯が夜をみつめていると
夜の呟きがあからさまになる
私の中に季節の絵がある
生きられていないのでそれらは贅沢に美しい

遠くから声がする
誰を呼んでいるのでもない
只空へ向かって捨てられている

昼の瞳孔がまだひろがらない
闇の中の姿は見分け難く
星の数だけが限りない

（「35」）

擬人表現が冒頭の「街から帰ってくると／私の室にそしらぬ顔で静けさがいる」に始まり、「灯が夜をみつめている」、「夜の呟きが」、「昼の瞳孔がまだひろがらない」などと続く。〈部屋が静かだ〉〈夜の街が窓の外に見える〉などの描写が、ここでは事物や感覚が人間と同一水準となるように描き込まれ、文芸で言えば新感覚派、美術ならば未来派・表現派・形而上絵画などと似た感覚を生んでいる。第四連の「昼の瞳孔がまだひろがらない」は、現実的に解釈すれば、昼の明るさに収縮した瞳孔が、夜になり暗くなってもまだ散大していない状態を指し、まだ夜が浅いことを意味するのだろうか。だがこれも、あたかも「昼」が「瞳孔」を持つかのように擬人法的で表現派的なイメージを喚起するものである。それと同時に、詩の文法が、日常的な秩序・論理から逸脱する傾向も著しい。第三連の「遠くから声がする／誰を呼んでいるのでもない」とは、秩序・論理に基づいたコミュニケーションの地平が崩壊し、声・言語が用途を失いながら、ただひたすらそこに発生し、「捨てられ」ている状態を描いている。これは要するに夜の詩なのだが、夜の詩の基本に対する余剰部分が、この詩のテクスト様式を構成しているのである。

また「40」においては、擬人法によって「遠さ」が焦点とされる。

遠さのたどり着く所を空想していると
私に近いものたちが呟き出す
愛は気まぐれな散歩者だから
いつも汗ばんで戻ってくる

さびしい方へ駈け出して
やがて餓えたように帰ってきても
もはやにぎやかなところが見つからない
昔からのしきたりで夜は独りの愛に冷たい

不在の交代のように
昼があり　夜がある
愛もそこへは駈けこめない

私が去ってしまうと

残された夜が美しい
私を惜しむ気配もなく……
（「40」）

第一連の「遠さのたどり着く所を空想していると／私に近いものたちが呟き出す」、第二連の「夜は独りの愛に冷たい」などは、擬人法というどころではなく、無機物が普通に主語とされる文体である。特に、「遠さ」「私に近いもの」「にぎやかなところ」などの抽象語が多用され、その一部（「私に近いもの」「にぎやかなところ」）は一種の提喩である。[24] 全体としてもこれらの抽象語は提喩的な表現として、すなわちあるカテゴリーのクラスとして、そこに属する多くのメンバーを間接的に指す語彙となる。ただし、その提喩的関係は、人間的な意味よりは、いわば世界を構成する要素としての、所属するメンバー間の連関を示す。ここで「愛は気まぐれな散歩者だから」離れているが、やがては「汗ばんで戻ってくる」。しかし、「もはやにぎやかなところが見つからない」。すなわち有効に働くことができない。昼と夜が「交代」しても、「愛もそこへは駈けこめない」。そこで「私が去ってしまうと／残された夜が美しい／私を惜しむ気配もなく……」。パラドックスを含むこの第四連において、第四行は倒置法の後置節として強力に機能する。すなわち「私」は、そこに介在しない方が、世界の構成員たちは、純粋な構図で世界に収まることができるというのである。これは続く「41」（前述）の「私が去ると私の健康が戻ってくるだろう」とも通じる。しかし、この「遠さ」とは何だろうか。

「遠さ」は、「不在」と並び、『六十二のソネット』のもう一つの大きなモチーフである。たとえば死についての詩である「48」の最終行では、「私たちは死をとりかこむ遠さにすぎない」と語られている。

私たちはしばしば生の影が
しめやかな言葉で語られるのを聞く
墓　霊柩車　遺言などと
けれどもそれらは死について何も云いはしない

生きている私たちは影よりも遠くを知らない
無を失うことを私たちは知らない
私たちは鏡をもちすぎている
そのためいつもうつされた生ばかりを覗いている

やがて鏡もない死の中で
私たちは自らに気づかずにすむだろう
私たちは世界と一体になれるだろう……

しかし今日雨の街に生者たちは生きるのに忙しい
夕刊には自殺者の記事がある
私たちは死をとりかこむ遠さにすぎない
（「48」）

「死」とは「世界と一体になれる」方法なのだが、そのような一体化・調和は日常においては遠ざけられてある。なぜならば、「生者たちは生きるのに忙しい」からであり、「生者」の語るあらゆる言葉は、たとえ、「墓　霊柩車　遺言など」の死にまつわるものであっても、「死について何も云いはしない」からである。「私たちは鏡をもちすぎている」の「鏡」とは、生だけを映し出すものであり、死は見えない。結局、「私たち」自身が「遠さ」となって、「死」は不可知の対象であり続ける。この詩の場合、「遠さ」は精神的・実感的な距離であり、見たり聞いたり語ったりすることでは埋めることのできない、絶対的な一致を阻む理解と認識の障害を表す言葉である。「遠さ」は、距離によって主体を断片化する。「遠さ」は、擬人法的に、または提喩的に一般化されることによって、観念を具体化する詩的修辞学の媒体として援用されているのである。

さらに「58」では、「遠さ」は対象が成立するために必要な距離・間隔として、「山」「人」などを形作るとされる。

遠さの故に
山は山になることが出来る
近く見つめすぎると
山は私に似てしまう

広い風景は人を立止まらせる
その時人は自らをかこむ夥しい遠さに気づく
それらはいつも
人を人にしている遠さなのだ

だが人は自らの中に
ひとつの遠さをもつ
そのため人は憧れつづける……

いつか人はあらゆる遠さに犯された場所にすぎぬ
もはや見られることもなく
その時人は風景になる

（「58」）

冒頭の「遠さの故に／山は山になることが出来る」のは、そうでないと「私」の方が「山」を構成してしまうからである（「山は私に似てしまう」）。「広い風景」によって「人」が「夥しい遠さに気づく」とは、その距離・間隔によって相互に隔てられることで、あらゆる事物・事象がそれとして成立するからである。「人」自身もその例外ではない。従って、「遠さ」こそが、「風景」などの外界を構築する要なのである。一方、第三連では、「人は自らの中に／一つの遠さをもつ」と語られる。それはありうべき「人」の起源（故郷）を「遠さ」として認識するからであり、「そのため人は」、「遠さ」を埋めようとする見果てぬ夢に「憧れつづける……」。こうして「人」は、本質的に距離・間隔を埋めることができず、その故にこそ「憧れ」の志向性をも持ち続けるような、「あらゆる遠さに犯された場所に過ぎぬ」と言われる。その時「人」とは、「風景」を見る側の主体ではなく、「遠さ」を本質とする「風景」そのものとなる。

このような「遠さ」や先に見た「不在」と関連する、より具体的な形象が、「12 廃墟」に見られる。

神をもとめる祈りもなく
神を呪う哲学もなく
さながら無のようにかすかに

そこにはただ神自身の歌ばかりがあった

私はもはや歌わぬだろう
たしかな幸福の昨日について
寂寥（せきりょう）の予感あふれる明日について
そしてはるかにむなしい快晴の今日について

廃墟は時の骨だ
今日の風が忘れる方へ吹いてゆき
人の意味は晴れわたった空に消える

廃墟はただ佇むことを憧れる
若い太陽の下に
意味もなく佇むためにのみ佇むことを

（「12 廃墟」）

第一連には、「神」に関する物語めいた情景が語られる。『六十二のソネット』には一二編ほど「神」が登場する詩があるが、◉25 それらの「神」は、いずれもいかなる宗教の神でもない。それは奇蹟とも律法とも無縁の、世界や存在の機能としての主に過ぎない。「神」もまた断片化されている。この詩では第一連において「神」が登場するが、第二連以降には登場しない。第一連の内容も、信者や批判者が存在せず、「神自身の歌」によってのみ、神の存在は傍証されるというものである。これはもはや神の歌というよりも、そこにある時空間そのものをうたう歌である。

第三連の「廃墟は時の骨だ」という語句は、廃墟がもはや人間的に意味のある場所ではなく、ただそこにあるだけの、形骸化した場所であることを明確にしている。これは、たとえば谷川がソネット形式を学んだとされる立原道造の廃墟論とは全く異なる。立原の現象学的建築美学に基づいた卒業論文「方法論」(一九三六・一一提出)は、廃墟とは、建築が人間によって住まわれた記憶の果ての、長大な時間の集積であり、だからこそ「廃墟が完璧以上の力で私たちを引きつけること」、すなわち建築は廃墟となることを最高の理想とすると論じていた。[26] 一方、谷川の廃墟は、端的に人間のいない場所でしかなく、第三連から第四連にかけて、「人の意味は晴れわたった空に消える」と言われ、「廃墟はただ佇むことを憧れる」とされる。それも、「意味もなく佇むために佇む」のである。

第二連には倒置法が用いられ、一行目の「私はもはや歌わぬだろう」に対して、二行目以降が後置節となる。またこの三行は同格でもあり、一行ずつ、いわゆる人間的時間を列挙する(「確かな幸福の明日について/寂寥の予感あふれる明日について/そしてはるかにむなしい快晴の今日について」)。だが、それらを「私はもはや歌わぬだろう」とは、それらには既に意味が認められないからである。それらの人間的な「歌」の代わりに、「廃墟」には「神自身の歌」が「かすかに」ある。それは前述のように、その時空間（今・ここ）が、断片としてそこにあることのほかに何も指し示さない。この場合の「廃墟」とは、隠喩的に、それとの一体化・調和が遠ざけられてあるところの日常の時空間そのものを指し、先の「遠さ」の具体化と言えるだろう。そして、立原が読者によって住み込まれるための建築として、いわば廃墟として詩を構想したのとは異なる意味において、しかし詩法である点においては同様に、『六十二のソネット』の詩の様式も、いわば「廃墟」としてあったのではないだろうか。それは、存在のあり方について、「ただ佇むことを憧れる」「廃墟」として描き出したのである。

6　断片から円環へ――「62」

世界が私を愛してくれるので
（むごい仕方でまた時に
やさしい仕方で）
私はいつまでも孤りでいられる

私に始めて（ママ）ひとりのひとが与えられた時にも
私はただ世界の物音ばかりを聴いていた

私には単純な悲しみと喜びだけが明らかだ
私はいつも世界のものだから

空に樹にひとに
私は自らを投げかける
やがて世界の豊かさそのものとなるために

……私はひとを呼ぶ
すると世界がふり向く
そして私がいなくなる

（「62」）

巻頭の「1 木蔭」以上に、『六十二のソネット』の代表的な詩として取り上げられることの多い末尾の「62」は、従来、愛の詩ということにされている。谷川は『愛のパンセ』所収の「失恋とは恋を失うことではない」において、この詩を全編引用した後に、「僕はひとを愛する時にも、それがいつも世界への愛と同じものであることを念(ねが)います」と述べ、D・H・ロレンスの『アポカリプス論』（一九二九）の言葉を引いて、それを「コスモスへの愛」と呼んでいた。[27] 後年の対談でもこの詩に触れて、「だから、女性をもうほとんど人間じゃなくて、自然として見ていたってことですよね」、

「人間じゃない無名のものになって、世界と一体になりたいっていう欲望が終始あるんですよ」と語っている。[28]他の多くの読解もこの線を大きくは踏み外していない。たとえば大岡玲は、「俊太郎語としての『愛』は、自然の一部であり、同時に自然そのものである自己を、徹底して慈しみ特権化することで、無限大の『豊かさ』と無限小の『孤独』を獲得するのだ」と論じ、その結果、詩人が「『いなくなる』ことによって遍在する」という思想を、「仏教的な輪廻の匂い」や、それ以上に手塚治虫の『火の鳥』的な宇宙生命論と結びつけている。[29]この調和的な結末を、大岡は「究極の身勝手」と呼び、後年の『定義』(一九七五・九、思潮社)以降の谷川作品には、より高度な言葉との葛藤が見られることを示唆するのである。これは凝縮された的確な詩論と思われる。

ただし、『六十二のソネット』を調和主義的な全体としてとらえ、その代表として「62」を読み解くことには躊躇を覚えると言わなければならない。確かにこの「私」は、「むごい仕方」と「やさしい仕方」、あるいは「単純な悲しみと喜び」との両義性の下にではあるにしても、「世界が私を愛してくれる」「私はいつも世界のものだから」と述べており、「世界」と「私」との間の幸福な関係には揺るぎがない。けれども、本章で読解を試みた限りでは、『六十二のソネット』において、この幸福な関係が、その両義性の緊張を常に凌ぐものとしてあるとまで言うことはできない。少なくとも、それぞれの詩の解釈は、決して調和主義的に収斂する地点を見せない。その観点から見れば、たとえば最終行の「そして私がいなくなる」を、単純に「私」が「世界の豊かさそのもの」となったと理解することはできないのではないだろうか。この章の最初に取り上げた「31」も、「世界の中の用意された椅子に座ると／急に私がいなくなる」と開幕していた。いったん調和的に回収され、世界と一体化したかのように語られた後で、この詩集のテクストは、その境地を常にパラドックスとアイロニーの中に投入してきたのではなかっただろうか。

そして、この「62」で終点を迎える『六十二のソネット』の円環は、円環だけに、起点となる巻頭の「1 木蔭」の一行目「とまれ喜びが今日に住む」に戻って繋がるように読み解くことを許すだろう。そこにおいて、「とまれ」は両義性と切断を含意する語として機能していた。仮に「世界」と「私」の蜜月が「62」において確認されたとしても、それは巻頭に回付され、再びこの円環の内部において多様な波に激しく揺られなければならず、またその循環は永遠に続くものとなる。そこに、非同一性に彩られた躊躇や否定の介在を妨げるものはない。断片が、断片のままに連環の中に位置を占める、この『六十二のソネット』の非同一的な円環性については精査を続けなければならない。そして、谷川の詩業は、そのような作業の延長線上においてその相貌を現すことになるだろう。形而上絵画のように始まった谷川の芸術は、以後、さらにその現代性を如実に示して行くことになる。

第2章　現代芸術としての詩　谷川俊太郎『定義』『コカコーラ・レッスン』『日本語のカタログ』

1　言葉のコラージュ――『定義』

本章では一九七〇年代から八〇年代の作品集に現れた、一般的には詩として認められていない既存のテクストを、そのまま詩や詩集の中に導入するか、あるいはパロディ化して取り入れた作品群に着目する。これらの中で問われたのは、まさしく詩的発語の条件そのものである。それはすなわち、どのような言葉遣いの場合に、発語は詩となるのか、詩と詩ならざるものとの境界線はどこに引けるのかという問い掛けにほかならない。谷川の場合、このような企ては論説による思想的な次元で追求されるのではなく、詩そのものにおける形式的挑戦によって行われた。またそれは、コラージュ、アッサンブラージュ、モンタージュ、シミュレーショニズムなどの形で、二〇世紀初頭以来の現代芸術において試みられ、培われてきた手法に通じるものである。本章では、谷川の詩および詩集におけるそのような局面について究明する。

この時期の谷川は、理念的にも表現的にも、発語の原初状態に遡って行われる様々な試みを企てていた。このことを決定づけたのは、一九七五年における『定義』（一九七五・九、思潮社）と『夜中に台所でぼくはきみに話しかけたかった』（一九七五・九、青土社）という対照的な趣向を持つ二つの詩集である。

『定義』は、巻頭に平凡社刊『世界大百科事典』からの「メートル原器に関する引用」を置き、以後の詩は、百科事典文体に変形の度を加えて行くパスティーシュとして現れる。[1] そこでは対象把握の困難性そのものと、その困難性を描く特異な発語が執拗に展開される。その中心課題とは、端的に言ってタイトルとは逆の〈反-定義〉なのである。その反復とアイロニーに満ちた散文詩は、谷川様式におけるいわゆる饒舌な沈黙の究竟を示している。また『夜中に台所でぼくはきみに話しかけたかった』では、表題作である一連の詩において、次のような言葉遣いが現れる。すなわち、それぞれの詩は、「ふたりは乗るかと思えば乗らないのさ」や、「きみは女房をなぐるかい?」、「にっちもさっちもいかないんだよ」、あるいは「書いてるんだからウツ病じゃないのかな」などのように、多くの文が「のさ」「かい?」「だよ」「かな」などの文末表現に覆われている。また、「武満徹に」や「小田実に」のように、相手の名が明記され、語り掛け文体で語られる詩が連続する。この詩において、「ぼくはきみに話しかけたかった」けれども、そこでは「何を」話しかけたいのか、その「何を」は、欠けているか、あるいは希薄なのだ。メッセージ中心ではなくコンタクト（接触）志向が前面に出され、このコンタクト志向において、詩をメッセージ志向によってとらえる仕方が相対化されているのである。

さらに改めて『定義』を詳しく見ると、これは百科事典のパロディ、あるいは百科事典文体のパスティーシュである。冒頭に実在の百科事典からの引用が掲げられ、その後はこの定型的文体から次第に大きく逸脱し、にもかかわらずいかにこの文体のパスティーシュとしての性質を保持するか、その変奏・変異の織り成すスリリングなパロディの冒険とともに、言語における詩的強度の可能性を追求する発話が繰り広げられる。

メートル原器は白金約九〇パーセント、イリジウム約一〇パーセントの合金でつくられており、
その形状はトレスカ断面と呼ばれるX形に似た断面をもつ全長約一〇二センチの棒であって、
この両端附近の中立面を一部楕円形にみがき、ここに各三本の平行な細線が刻んである。

（「メートル原器に関する引用」）

それは在るのではないだろうか。何かなのではないだろうか。
誰も表現はしていないが、輪郭は明瞭だと思う。永遠にその位置を保つとは考えられないが、
今は光を僅かに反射していると思う。影も落ちていると思う。それは無いはずがなく、何故か
何かのようなのだ。

（「道化師の朝の歌」）

ただし、実在の百科事典の記述を引用し導入する手法にもかかわらず、発話の強度から見れば、それはむしろ詩的発話による百科事典文体への侵襲と言えるだろう。そこでは谷川的なパラドックス言語の強度は全く揺るがず、逆に百科事典のようなドキュメント言語を詩が籠絡する盤石の布陣を敷いたように見える。『批評の生理』で谷川は、これを「定義のパロディー」であると認めた上で、「こういう擬似科学的な記述が詩になり得る可能性をもっている、そんな妙な言説状況がいまわれわれをとりまいているってことね」と述べていた。[2] 確かにこの詩集の冒頭に置かれることによって、『世界大百科事典』の記述は一見、詩になった。しかし、それ以外の所収テクストも、パロディ、パスティーシュとして創作されたとはいえ、純粋に詩にほかならない。その結果として『定義』は、その「妙な言説状況」を逆手にとって自分のものとし、詩集としての自己顕示を果たしている。そこでは発語による世界把握の不可能性を認識する主体は、実は確固とした存在として保持されていると見ることもできる。従って『定義』は、確かに「妙な言説状況」の中に自らを位置づけることに成功した詩集であると言えるだろうか。

ところで、そうは言っても異様な言葉遣いに満ちた詩の続出する『定義』の中でも、ひときわ異様な作品に「壹部限定版詩集〈世界ノ雛型〉目録」がある。その冒頭は次のように始まる。

壹部限定版詩集〈世界ノ雛型〉目録

呈入沢康夫

コノ詩集ハ左記ノ物件ヲ一個ノ有限大ノ容器ニ収納スル事ニ依リ成立スルモノトスル。意匠登録申請中。非売品。


1羽毛。街路ニ於テ拾得シタモノ。多分雀ノ胸毛。

2発条。真鍮製。径一五粍、長サ五〇粍程度。

3絵葉書。発信者ノ名ノ判読不明ナモノ。

4橙色セロファン一片。片眼ニ当テテ、風景ヲ見ル事ガ可能。

5シリコン整流素子。1N34又ハ同等品。

6もうそうちく。念ノ為、学名ヲ記セバ Phyllostachys heterocycla var.pubescens.

7紙飛行機。一九七三年度出版ノ任意ノ詩集ノ一頁ヲ材料トスル。

8砂。軽クヒト握リ。乾燥シテイルコト。

9オブラート。日本薬局方。

10国鉄美幸線、仁字布・東美深間片道切符。鋏ノ入ッテイナイモノ。


この作品の本体は、1から66までの番号を振られた基本的に漢字カタカナ交じりの、時折文語文も交じる文体で書かれている。その内容は最初の「1羽毛。街路ニ於テ拾得シタモノ。多分雀ノ胸毛。」から始まり、最後の「66物件23 34 35ノ保留解除。」に至るまでの、六六の記述から成る。そこには、「羽毛」「発条」「絵葉書」「橙色セロファン」「シリコン整流素子」「紙飛行機」「死亡届」など、手当たり次第とも思われるほど、ほとんどアト・ランダムに、物の名前とその簡略な説明が列挙される。また、この作品には、「41物件27撤回。文体変更ニ伴ウ応急処置。」「42物件5抹消。同右。」「43物件15消去。同右。」や、先ほどの「66物件23 34 35ノ保留解除。」などの、事項をリストから削除したり、その保留・占有を解除したりする操作も頻繁に述べられている。ちなみに、27は「木製独楽」、5は「シリコン整流素子」、15は「鋏」、23は「向日葵ノ種子、一袋」、34は「土壌」、35は「時間」がそれぞれの対象であって、これらの配列や削除には、表向き何らの必然性も感じられない。

これは「壹部限定版詩集〈世界ノ雛型〉目録」というタイトルから見て、これらのアイテムの羅列が「〈世界ノ雛型〉」を構成する一種のパロディであり、すなわちこの詩は世界というもののパロディなのである。それらのアイテムは確実に世界内に存在しているとはいえ、個々の選択された理由は不明であり、ことさらに〈世界ノ雛型〉を構成するものとしての必然性は持っていない。無作為に、偶然的に選ばれたように見える。にもかかわらず、題名の〈世界ノ雛型〉からすれば、まことしやかに世界を全体として写像するかのように主張される。また、「37原子爆弾。」に関して、「39物件37ノ収納ヲ指示シタ事ニヨリ、コノ詩集ノ実現ノ可能性ハ極メテ小サクナリ」「詩集ニ於テヨリモムシロ詩集目録ニ於テ、詩ノ成立ヲメザス」と、詩が自らの企図を自己否定する身ぶりも示している。むしろここには、世界のすべてを一編の詩に書き込むことなど、もとよりできることではないとする、逆説的な含意も感知できなくはない。そもそも、定義の不可能性を語った詩集である『定義』の手法によれば、言葉によって世界を事物として記述することは不可能であると言わなければならない。従って「壹部限定版詩集〈世界ノ雛型〉目録」という詩は、詩集『定義』がティッシュボックスやガムの包み紙、あるいは鋏・コップ・汚物・りんごなどの事物と、「なんでもないものの尊厳」などの逆説的な事態を反‐定義の様式によって綴ったことを踏まえれば、むしろ『定義』という詩集そのものの、まさしく「雛型」である作品なのである。

この一見、無作為で偶然的な物の羅列は、言葉によって行われた一種のコラージュとしても理解できる。河本真理によれば、「コラージュが、西洋美術史に登場するのは、キュビスムにおいてである」とされる。[3] それは糊で貼るという意味のフランス語 coller の名詞形 collage が原義であり、河本はこれが古くからあったが、芸術ジャンルとして認められたのは二〇世紀になってからという。既成の断片を台紙に貼り付けるコラージュは、「一つあるいは複数の要素を、新しい芸術のコンテクストに移すことを意味する。コラージュにおいて重要なのは、このように諸要素が移動し、新たに出会うことによって、形態・構造のレベルもしくは意味のレベル（あるいは同時に二つのレベル）において、もとのコンテクストからの逸脱が生じることである。それゆえ、コラージュの原理に基づいて制作された作品は、異質な構成要素を受け入れ、均質な空間を破壊する不連続性を特徴とする」[4]（河本）。この河本の明快な定義を言葉の領域に置き換えると、本章で取り上げる『定義』、『コカコーラ・レッスン』、『日本語のカタログ』などの谷川の詩集の意味が見通しやすくなる。その点において、「壹部限定版詩集〈世界ノ雛型〉目録」は、谷川によるコラージュ詩の嚆矢である。コラージュの手法は、後節で論じるアプロプリエーション（流用）やシミュレーション（模造）などの原点としても理解できる。

また、この詩におけるアイテムの列挙は、テクスト内部への、テクスト外部からの多数の引用と見ることもできる。『定義』の場合、詩の基本は反–定義文体による対象の籠絡という性質であったが、この詩の場合は事項の数が多いため、その性質は相対的に薄くなる。ただし、右に述べたように、削除・保留などの操作の書き込み、あるいは、「65コノ目録ノ筆者ガ、当該目録ニ関スル一切ノ法的、道義的、芸術的責任ヲ解除サレル事ヲ申請スル書式一式。申請先ハ不特定読者宛トスル。」などの記述には、これが単に項目の列挙ではなく、列挙の身ぶりを示すことによる詩的表現の限界への挑戦であることも示唆されるのである。そして、『定義』が物の名前と説明をその対象としていたテクスト外的な導入元は、『日本語のカタログ』においては、他者によって作られた既成のテクストへと変容していく。しかし、「目録」と「カタログ」の間は遠くはなく、ここには脈絡が感じられる。この脈絡の中で、谷川俊太郎におけるコラージュの系譜を継ぐ新たなテクスト様式が生まれる。

2　スクラップ・ブック――『コカコーラ・レッスン』

谷川俊太郎『コカコーラ・レッスン』（一九八〇・一〇、思潮社）は、『定義』よりもさらに詩と詩ならざるものとの境界に肉薄した詩集である。そこに収録された全一四編の作品は、いずれも詩と関わりながら詩そのものではない。[5] 冒頭の作品「Venus 計画」を例に採ると、これは末尾に「池田満寿夫のメゾチント技法による銅版画連作 Venus のために、一篇ないし二篇の詩を作ることを作者は〈みづゑ〉編集部から注文された。これはその詩のための計画案の一部である。ca.1975」と記載されている。作品は六節に分かれ、それぞれのタイトルは「要素（内在的）」「要素（外在的）」「資料」「文体の選択」「呼びかけかた」「見本」である。これらはいずれもタイトルに従った言葉の断片が列挙され、いわば詩を書くための材料、詩の資材置き場のように見える。続く二番目の詩「未定稿」は、文字通りの未定稿集である。その前書きには、「書きつけたものを誰かに読んでもらいたいと思うその欲望はひとつの狂気だ。うずだかい書き損じの原稿用紙の山の中から、未定稿を拾い出している私の眼は、どんな故買屋にも負けない貪婪な光をたたえていることだろう」とあり、また「私は決して手の内を見せているわけではない」、「反対に詩というとらえがたいものを追いつめるこれもひとつの手だてなのだと、ぬけぬけと言えるほどには私も方法というものを意識している」とも述べられている。その他、「触感の研究」は、触感に関する引用を中心とした言葉のコラージュによるアフォリズム集であり、「一日」は、時間を追って一日を点描したフラグメントの連鎖によるコラージュであり、「『飢餓』のためのメモランダ」は、メモ形式によって綴られた同じく断片集積のコラージュである。これらはいずれも、『定義』の「壹部限定版詩集〈世界ノ雛型〉目録」の手法を引き継ぐテクストと言えるだろう。

タイトル詩「コカコーラ・レッスン」は、少年が突堤の先端で言葉を知った瞬間を描いた詩である。「なんのはずみか彼はその瞬間、〈海〉という言葉と〈ぼく〉という言葉を、全く同時に頭の中に思い浮かべたのである」。そして彼は「頭の中」で、「無数の言葉の群」による襲撃を体験する。しかしこの体験は、外面的にはコーラの缶に対する反応に過ぎない。「『コカコーラのカンさ』と彼は思った。一瞬前にはそれは、化物だったのだ」。「コカコーラ・レッスン」とは、言葉の獲得と詩的発語の瞬間を描いた、詩についての詩である。続く「小母さん日記」は、一三節に亙って「小母さん」を点描する断章集である。この詩の第六断章において、「明らかに名ざすことのできるものは、この世にはひとつもない」と、言葉による指示の不可能性について語られる。しかし、そのすぐ二節後では、「この世には詩しかないというおそろしいことにぼくは気づいた。この世のありとあらゆることはすべて詩だ」と、今度は詩はその指示不能な世界において、物事と一体化して遍在するものとされ、そのような詩の本質的なパラドックス性に接近しようとする。その後の「質問集」「質問集続」は、言葉の限界を探索し、「ロールシャハ・テスト図版Ⅰ」では、本来無意味なロールシャッハ図版から無限の言葉が生まれる様相を目の当たりにさせる。

この詩集の中で、本章の文脈から見て注目されるのは、末尾に置かれた「タラマイカ偽書残闕」である。[6] この作品には、単行本で見開き二ページに亙る長めの序文が付されている。この序文の冒頭は、次のように引用符が四つ重なる特異な表記の文章から始まる。

『〈〝これから私の語る言葉が、正確にどこから来たものか私は知らない〟と、その老船員は言った。［……］そうして老船員は、以下に記すさして長くはない一連の言葉を、しわがれた声で呟くように誦したのだった〉というような意味の前書きを付した、タラマイカなる少数民族の創世記とも言うべき口承文学の断片を初めて目にしたのは、私が亡父の残した夥しい古手紙を裏庭で火中に投じていた時のことである。［……］いつかはいい値段で売れることもあるかもしれぬという欲得ずくから、長い間保存していたが、本日ここに」とそこのところで、その後書きのようなものは中断していたのさ』と、彼は言った。

（「タラマイカ偽書残闕」）

この作品の本体は「タラマイカなる少数民族の創世記とも言うべき口承文学の断片」であり、「亡父の残した夥しい古手紙」から発見された「古封筒」の中に入っていた「ノートからひきちぎったとおぼしい数枚の紙」に記されたとする設定の下に展開される。またそれは、「タラマイカ族の用いていた言語から、スウェーデン語に訳され、そこからウルドゥ語に重訳されたと称するものの英訳を、彼がいささか誇張された抑揚と身ぶりで暗誦したものをもとに、私がつたない日本訳を試みたもの」という、五つの言語を介した四重訳ともされている。しかも「北部ギジンという地名も、タラマイカ族という民族も、私の調べた限りでは存在の痕跡がない」。これはたとえば、東アジアのどこかにあるらしい架空の地誌に依拠して書かれた、安西冬衛の『渇ける神』（一九三三・四、椎の木社）などが想起されるテクストである。[7] このテクストの設定では、引用（翻訳）を重ね、また二重三重に無化されることにより、発話の起源は遠ざけられ、その実在としての無根拠性が強く共示されることになる。冒頭の四重引用符のスコープ、すなわちどこからどこまでがどの引用のレベルかは、一読して容易に理解できるものではなく、それはこのことを実現する表記なのだろう。

その本体をなす一一編の詩の内容は、空間と人間をうたう古代の讃歌の断片集のようなものである。七連から成る「Ｉ（そことここ）」の最初の四連は次の通りである。

わたしの
眼が
遠くへ
行った。

わたしの
口は
ここに
開く。

わたしの
耳が
遠くへ
行った。

わたしの
口は
ここで
語る。

（「タラマイカ偽書残闕」）

これに続いて「Ⅱ（さかいめ）」は、「おお／おお／太陽の太陽よりも／まぶしい／光。」、「Ⅲ（めざめるための穴が通じる）」は、「光の／刃が／切りつけた。」とうたう。また詩編一一編の末尾にはわざわざ語注までもが付されている。「Ⅰ（そことここ）」冒頭の「わたし」に付けられた注の「*1* わたし」には、「この一人称は、単なる一個人としての〈わたし〉ではない。この語りもの＝書きものに参加した複数の人間［……］の、集合的一人称と考えてよいだろう」とある。このような個我の未分化性を認める解釈は、このテクストに古代性を付与すると同時に、多重の伝聞と引用と翻訳によって生成したとされるこのテクストの無根拠性をも強化する。そしてこの「タラマイカ偽書残闕」

は、形式としては『定義』に収録された前述の作品「壹部限定版詩集〈世界ノ雛型〉目録」と似たところがある。「タラマイカ」の方はいわば古代歌謡の偽物であり、「〈世界ノ雛型〉」の方は世界のミニチュア・リストの偽物であって、どちらもいわば偽書としての装いを自らの身に凝らした作品と言うことができる。

このように見ると、『コカコーラ・レッスン』という詩集は、様々な意味における言葉のスクラップ集とでも呼ぶべきテクストである。「計画」や「メモランダ」は、これから詩になっていくはずのものとして設定された言葉の断片であり、逆に「未定稿」は、既に詩となったが詩として公開されていなかったと想定される作品であり、「偽書残闕」は、「偽書」であるためにその由来が不確定的であり、「残闕」であるために不完全な断片であった。その他「質問集」や「図版」も含めて、総じて『コカコーラ・レッスン』収録作品は、いずれも断片的で必然性を欠いた言葉のスクラップが、フラグメントのままモンタージュされている。『定義』が百科事典のパロディとして成立したとすれば、『コカコーラ・レッスン』は、いわば詩や詩集自体のパロディとして成立したのである。そしてそのパロディ性は、詩の言葉をスクラップとして取り扱い、一種のスクラップ・ブックとして構成することによって実現された。実際の引用も含まれてはいるが、多くは創作されたスクラップによるスクラップ詩集、あるいはスクラップによって構成されたモンタージュ、さらに偶然的な内容の断章を繋いだコラージュという意味での、スクラップ・ブックなのである。

3　テクストのサンプリング――『日本語のカタログ』

　さらに谷川の『日本語のカタログ』（一九八四・一一、思潮社）は、ある意味では『定義』の、またある意味では『コカコーラ・レッスン』の後継であり、それらを凌ぐ先端的な詩集でもある。[8] 本のカバーには、版元によるキャッチフレーズとして、「この本は沢野ひとしさんや山岸涼子さんのマンガ、ビデオのプリント、写真、谷川さんの足型などなどが入った過激な新詩集、定価は1500円です」云々と記載されている（原文横組）。全一八編の作品は、一つとして伝統的な詩の形式を身にまとうものがなく、また幾つもの写真・図版・絵が挿入されている。詩集『定義』は百科事典という詩集外部の言説形態を引用してパロディ化した所産であり、『コカコーラ・レッスン』は詩と詩集そのものをパロディ化して、自己言及的に詩と詩集のあり方を対象化するメタ詩集であった。それらを受け継ぐ『日本語のカタログ』は、一方ではカタログとして既存の言説や写真・図を引用して再配置し、他方ではその仕方で詩集をコラージュによる一個のスクラップ・ブックと化することにより、詩と詩集のあり方に痛烈な再考を促している。すなわち、これはまさに『定義』から『コカコーラ・レッスン』を経由して続いてきた谷川のメタ詩的な志向、すなわち詩集と詩の再検討、つまり詩的なものとは何かを問う志向が、その頂点を迎えた詩集なのである。

　そのことを典型的に示すのが、巻頭に置かれたタイトル作品「日本語のカタログ」である。この作品は、たぶん詩として位置づけられているのだろうが、一種の日本語のサンプリング（見本抽出）であり、二一個の異なるテクストからの引用の羅列である。その二一の引用は、冒頭から18、62、135、201……と飛び飛びに番号が振られ、最後の引用の番号は2486である。これは少なくともこの二一個の背景には、最低でも2486個のサンプルが存在し、その中から選ばれたものであることを示唆するのだろうか。また作品全体の末尾にそれらの出典が、「18 催馬楽より」、「62 川崎長太郎〈地下水〉より」、「135 ノーリツバランス型ガス自動風呂釜シャワー付き取扱説明書より」、「201 新三段式問題集国語中学一年――文英堂刊より」と続き、最後は「2486 北原白秋編『日本伝承童謡集成』より」と明記されている。またさらにその後の末尾には、「＊著作者より引用の許諾を得ていないことを、お詫びします」とも付記される。

その内容を概観すると、「カタログ」と銘打たれているだけあって、日本語の多様なヴァリエーションに配慮したような採録の集積となっている。最初の断片である18は催馬楽で、本編中唯一の古文である。

18 あなたふと、あなたふと、けふのたふとさや、
いにしへも、はれ、
いにしへも、かくやありけんや、けふのたふとさ、
あはれ、そこよしや、けふのたふとさ、

（「日本語のカタログ」）

一行目の「あなたふと、あなたふと、けふのたふとさや」などは、いきなりの初見では古文と分からず、表記の通り「ふ」を「う」ではなく「ふ」のままに、また「けふ」も「きょう」ではなく「けふ」と読んでしまいかねない。また全部がひらがなで表記されているために、「あなた、ふと」や、「穴、たふと」などとも読めてしまう可能性がある。「ふ」の表記の突出も大きな特徴である。このように、原典にもある歌謡としての音楽性のほかに、読み方の二重性や揺れの感覚が認められる。谷川には『ことばあそびうた』（一九七三・一〇、福音館書店）の発表以降、ひらがなのみで表記される詩集が多数あり、その中にはノンセンス詩も多く含まれる。この催馬楽は、『ことばあそびうた』からの澪（みお）を引く一種のノンセンス性の観点から導入されたとも考えられなくはない。この問題については後の章で改めて検討しよう。

次の二番目の断片は「62 川崎長太郎〈地下水〉より」で、サンマ、たくあん、リンゴのほか、膳を用いた日本の食事の風景を描いている。三番目の「135 ノーリツバランス型ガス自動風呂釜シャワー付き取扱説明書より」は、シャワーの取り外し方法を記述したマニュアルの文章である。この後の四番目から八番目までを見ていくと、「201 新三段式問題集国語中学一年——文英堂刊より」、「270 荒木恵美の葉書より」、「423 佐藤聡明〈今月の話題盤〉より」（販売された音楽レコードの評価を記述）、「549 にっかつ映画広告より」（ピンク映画のちらしの文面）、「588 リハビリテーション関係施設一覧より」（住所・電話番号・業務内容の一覧表）と続く。一二番目は、神々の誕生と年齢と系統を語る旧約聖書からの引用（「946 聖書（一九五五年改訳）より」）、一四番目は不幸の際の電報文例（「1376 悲しみの電報文例『手紙辞典』――野ばら社刊より」）、一五番目は「1439 道路交通法第三章七条一項より」、二〇番目は「2223 西武古書展示即売会目録より」などと、実にバラバラな言語素材からの引用が続く。そして末尾に置かれた二一番目は、「2486 北原白秋編『日本伝承童謡集成』より」と注され、次のような遊びの囃し歌が引用される。

2486 いっちく、たっちく、
どおよ、すうよ、
なあみの、かさ、
ちくちり、ちんと、ふんまえ
たんのけ、てんとしよ。

（「日本語のカタログ」）

谷川は『ことばあそびうた』の刊行後に『マザー・グースのうた』シリーズ（一九七五〜七七）を訳出し、さらに『わらべうた』（一九八一・一〇、集英社）および『わらべうた 続』（一九八二・三、集英社）を自らも創作している。[9] 詩「日本語のカタログ」は、最初の意想外な催馬楽からの引用から、ノンセンス童謡と言える最後の引用まで、言葉の意味との戯れによって円環を閉じているように感じ取れる。またその円環の中に、ここには招待されなかった、背景にある無数の日本語のサンプルをも、暗黙のうちに召喚するものである。一方でここには、個々の引用文と別の次元における主題や抒情、あるいは思想や表象は、明白な形では存在しない。引用の主体を想定し、どのような基準で引用されたのか、その基準のあり方に主体性を見出すことは、絶対に不可能とまでは言えないかも知れないが、容易ではない。これは表面上は、文字通り「日本語のカタログ」でしかない。しかしこの作品の評価を論じる前に、差し当たり他の作品群もその概略を眺めてみよう。

この詩集の二番目に置かれた作品「アルカディアのための覚書（部分）」は、「1窓」「2機械」「3子等」「4トマト・ジュース」「5かなしみ」などと、番号の付された二四の断片的な叙述から成っている。どうやら、「アルカディア」（理想郷）と呼ばれるような場所の記述らしく、これらの断章はその世界の特徴を幾つかのアイテムを取り上げて語ることにより、そのアルカディアの部分あるいは全体を語るようである。しかし、その内容は、一般的な意味における理想郷なるものの描写とは到底思われない。さらに、それらの題目がアルカディアにおいて本当に代表的な題目か否かはかなり疑わしい。適当に、いわば偶然性をはらむ仕方で選択されているに過ぎないようにも見える。しかも「4トマト・ジュース」の本文は「そのような飲料は存在しない。」であり、「24洗濯挟」は「その精巧なレプリカが、多くの人々の間で実用に供されている。」とされ、否定（「存在しない」）や偽物（「レプリカ」）に関わる示唆が認められる。この作品の趣向は、既に見た『定義』所収の「壹部限定版詩集〈世界ノ雛型〉目録」や、『コカコーラ・レッスン』所収の「タラマイカ偽書残闕」などと通底すると言うべきだろう。言葉によって世界や場所を表象する百科事典性や、「カタログ」なる一覧への方向性は、一時期の谷川が確実に追求したものであった。ただし、その百科事典や一覧表が、決して言葉による世界の代理表象とはならず、むしろ迷宮化を加重する方向で機能するのが、この時期におけるコラージュの詩人、谷川のテクストなのである。

その意味で、続く三番目の作品「彼のプログラム」は重要である。

> 120 彼は子どものころから、百科事典というものに魅了されつづけている。それは彼にとっては知識を得るための道具以上のものなのだ。たとえば〈シャム双生児〉の存在を、彼は古い冨山房刊行の百科事典によって初めて知ったのだが、それは知識の断片というよりは、生きている世界の組織のなまなましい標本とでも言うべきものだった。そのような奇怪な存在の意味をたずねることは不可能だ。子ども心に彼はそう納得したにちがいない。詩と呼ばれるものにもおそらくそれに似た何かが含まれている。これはおとなになってからの彼の意見に過ぎないが。
>
> （「彼のプログラム」）

この作品はこの詩集の中に置かれることによって、単に一つの作品としての枠をはみ出し、他の作品との間で情報の交錯をもたらし、相互にその意味を増幅する仕組みを担っている。この作品もまた各断章に番号の付された九つの章段から成っているが、その番号は順に、110、120、130、と10刻みに増え、ただし140の次は141、170の後の最後の章段は171である。これはプログラム言語の行番号を模したもののように見える。[10] そのことも併せ、この「プログラム」には、単に構想や機序の意味だけでなく、「彼」を作り上げるソースコードのニュアンスも含まれることになる。しかもその内容は、百科事典のパロディである詩集『定義』や、サンプルのカタログとして詩を位置づける『日本語のカタログ』そのものへの自己言及とも受け取ることができる。ここで挙げられている冨山房国民大百科事典のシャム双生児の記事「畸形」は、この記事に含まれる実例の写真とともに、写真版として本書に挿入されている。[11] 詩は、「世界」の「標本」なのだ。このような理念は、これまでに見てきた「壹部限定版詩集〈世界ノ雛型〉目録」や「日本語のカタログ」などの構想を明かすものでもある。

また四番目の140は、従来もこの詩集への自己言及的な言説として理解されてきた章段である。

> 140
> 「詩的なるもののカタログ」そんな考えが、不意に彼を襲った。電車の吊皮につかまって、ぼんやりと埋め立てられた運河の上の雑草の緑を見ていたときのことである。この世で五感のとらえることのできるほとんどのものが、詩的であることを彼は疑っていないから、そのカタログは厖大なものになるだろうが、そのうちのいくつかを、いわばサンプルとして提示することは左程難かしくはない。問題は「詩的なるもの」と「詩」との関連のさせかただ、と彼は考えつづける。
>
> （「彼のプログラム」）

これはまさに詩「日本語のカタログ」、ひいては詩集『日本語のカタログ』への自己注釈である。このように、引用の織物として「詩的なるもの」の覆う範囲の極限に向かって開かれていくカタログ詩が、どのように「詩」そのものとの関連を導き、自己のステイタスを獲得するのか、そのことこそが、「彼のプログラム」ひいては『日本語のカタログ』全体が投げる問い掛けなのだろう。

4　エディティングとしての詩

その他にも、詩集『日本語のカタログ』は、興味深い作品で溢れている。たとえば散文詩の文体についての思索を散文詩によって展開した「散文詩」、白紙の裏面に到達するという思考から「無限」（infinity）を「西欧的」、「永久」（perpetualness）を「東洋的」とする「K・mに」や、「女への手紙」などのメッセージ形式の詩がある。また、一分の一地図を広げると現物と一体化してしまうとする「1:1」、「うぇーべるん」という言葉と人とをめぐる断章集「うぇーべるん」や、「柏崎玲（事務員）」など五人の人物に触れて語る「人達」などの一見雑多な詩が雑然と輯められ、詩集の最後は、いろは形式のアフォリズム集「いろは練習」で閉じられる。さらに、前述の「畸形」に関する百科事典のページなどの写真版、余白に押された足型（文字通りの footprint）、沢野ひとしの絵（マンガ）と組み合わせられた作品「玄関に若い女のひとが……」など、視覚的な要素も大きく盛り込まれているのが、この詩集の顕著な特徴である。

これまでの『日本語のカタログ』論として、『現代詩手帖』(一九八五・一二)はこの詩集を特集し、そこで論者たちは、この詩集の個性を多面的に探っている。たとえば大岡信は、この詩集の形態を歌集や連歌など日本文芸の伝統に見られたアンソロジーの形を継承するものとしてとらえ、[12] 北川透はそれまでに話題になっていた田中康夫の『なんとなく、クリスタル』(『文藝』一九八〇・一二)などのいわゆるカタログ小説と関連づけ、[13] 佐藤信夫は何々尽くしの「カタログ・ヴァース」と見なし、[14] 秋山さと子はこれをブリコラージュとして箱庭療法に通じる回路を見出している。[15] また、辻井喬は、劇画(物語性の強いマンガ)が広義の文学として認められ、映像や劇画の方がむしろ詩よりも詩的であると感じられるような、当時の状況を照射する詩集と見なす。[16]

一方、同じ『現代詩手帖』に掲載された谷川俊太郎の「インタビュー 言葉への通路・私への通路」によれば、一見「私」の主体性が消滅したこのカタログ詩集を、谷川は次のようにエディティングつまり編集によって構築されるようなモンタージュとしてとらえていることが分かる。

谷川 そうねえ、たとえばさっきも話に出た三浦雅士さんに言われて「ユリイカ」を編集した時に、「ギャラリー」っていう題名で僕の好きなものの写真を何ページか入れたりしたんですよね。だから、自分が書いている言語と、そういう何か一種の映像的なもの、あるいは現実のものとの関係っていうのは、ビデオでも絵本なんかでもそうだし、わりと最初のころからあったんじゃないかな。それは基本的にエディティングとかモンタージュっていう考え方だと思うのね。カタログっていうのはエディティングの一つの方法なわけでしょう。たぶん、絵本をやったことで、つまり一シーン一シーンの組み合わせで絵本を作るっていうことをやったし、それからたとえば映画の脚本なんかをやることで、これはもうまさしくつまりモンタージュですよね。短い詩を組み合わせるっていうのも、僕の中で映画の方法論とか、絵本の方法論と同じようなものが働いてると思うんだけど。全体を単一の、たとえば話体で流すというよりも、何かいろんなシーンを、たとえばカットバックしたり、オーバーラップしたりして、より広い世界を暗示したいっていう方法が、絵本の場合も映画の場合もビデオの場合も詩の場合も共通してあると思いますね。で、それの非常にはっきりわかる形がカタログだと思う。

ちなみに、『日本語のカタログ』刊行以前に発表されたエッセー「実作のカタログ」においても、谷川は「もしぼくに確信がもてるだけのひとつの新しい全体的ヴィジョンの如きものがあれば、もしかするとぼくもひとつの方法をあたかも一本の樹をはぐくむように、成熟させてゆくことができるのかもしれないが、今はたとえてみれば、パッチ・ワークのようにとりとめなく断片をモンタージュして、つまりさまざまな詩をとり集めたその集合としてしか、全体に迫ることができないのだと考えている」[17]と述べていた。またここではさらに、「詩人というものはもともとは、言葉を生み出す存在ではなくて、人間と世界の間を言葉によって媒介する者だったんじゃないだろうか」とも問いを投げ掛けている。[18]「実作のカタログ」はこれらの言説に続けて、自らの詩や他人の作品の引用文をカタログのように掲げた、『日本語のカタログ』の先駆的な作品である。その中には、当時既に刊行されていた『定義』所収の「不可避な汚物との邂逅」や、『コカコーラ・レッスン』所収の「触感の研究」も含まれている。

「実作のカタログ」が収録された『ことばを中心に』(一九八五・五、草思社)には、この文章のほかにも、詩が詩人の主体性の下に統御される芸術であるとする通念を相対化するエッセーが幾つか収められている。たとえば「ことばあそびの周辺」では、「詩が他の芸術とともに、民衆の中にひそんだ無名の声であることをやめ、詩人という名のひとりの人間の個性が孤独に書きつける信条告白の如きものになっていったのは、西欧文明の必然であり、私たちの詩もまた避けるべくもなくその影響を受けていったと言える」と認めながらも、それが傑作を生むとともに詩を難解にして読者を減らしたことを指摘する。[19] そして、『ことばあそびうた』などを書いたのは、「私が自分というものの貧しさにくらべて、言葉の世界がいかに奥深く豊かであるかということに気づいたからだろう」と述べている。[20] また、「詩・散文・現実」においても、「詩イコール自己表現という固定観念は、それはそれで一面の真実をいいあてではいるけれど、詩がそれで説明されつくしたと見ることができぬのはいうまでもない」、「詩は近代詩にかたよることなく、わらべうたやことわざ、早口言葉やなぞなぞ、民話や民謡などの基盤に足をふまえて教えられるべきだろうと思う」として、詩的発話の多様性への回帰を主張している。[21] 谷川は、「自己表現」とは異なる詩の様式の多様性を模索したのである。『コカコーラ・レッスン』や『日本語のカタログ』に見られる断片によるパッチ・ワーク、コラージュ、モンタージュの形式は、これらの詩論にも示されたように、詩人の主体性の相対化を行うとともに、「人間と世界の間を言葉によって媒介する」多様な様式の一つとして位置づけることができるだろう。

5　シミュレーショニズムと流用アート

ところでこの詩集『日本語のカタログ』には、「画廊にて」という作品が収められている。これは「一九八三年九月四日快晴の夜の impromptu」（impromptu は即興の意）と副題が付された作品であり、詩集の全体像を考える上で重要である。この作品は六つの詩の集積でできており、最初の1に「ウォーホルの桃色の象の前で」という一行がある。この詩は、「お揃いのようでいて少しずつちがっている」二人の姉妹のことをうたい、その内容に対応した二人の少女の写真が挿入されている。

ウォーホルの桃色の象の前で
百合の花がたがいに似ているように似ていて
だが男はどっちに恋をするか
一瞬にして決めることができる
どっちがどっちの複製でもないから

（「画廊にて」1）

この詩句は「複製」でもある芸術の様態に触れていることから、それに関わる作品を制作したウォーホルと絡めた措辞であることは明らかである。アンディ・ウォーホル（Andy Warhol、本名Andrew Warhola）がポップ・アートの旗手となったアメリカの芸術家であることは言うまでもない。「ウォーホルの桃色の象」とは、ウォーホルが一九八三年に制作した「絶滅危惧種」（Endangered Species）シリーズ一〇点のうちの一つ「アフリカゾウ」（African Elephant）に違いない。[22] このシリーズには他にパンダ、白頭ワシ、オランウータンなども含まれる。「画廊にて」の2には、「壁のシルク・スクリーンには／六五万円の札がついている」とあり、また3ではまさしくウォーホルをうたっている。そこでは、詩人同士が画廊でピンポンをする。どちらのピンポンがうまいかは分かるが、どちらの詩がうまいかは「もしかすると百年先になっても分からない」という。

アンディ
殺されそこなったアンディ
むっつりした顔で上機嫌なアンディが
ポスターの中で生き永らえてゆく
［……］
大金持のアンディはつまらなそうに

隣室でピンポンの音を聞いてる
毛沢東といっしょに

（「画廊にて」3）

この「毛沢東」とは、一九七二年から七四年にかけて、毛沢東の肖像を模して制作されたウォーホルの一連の作品から着想された言葉だろう。[◉23] この後、4では「本物の花と画の花のどちらが美しいか」などの議論が追究される。また、最後の6では次のように語られる。

みもふたもない暮らしのきれはしにひそむ
正体の掴みにくいもの
たとえば今朝目に入った
町の雑貨屋の店先に積み上げられた
赤青緑のプラスチックの籠のような
そんなものにこそ
見えない感歎符がべったりとはりついている

（「画廊にて」6）

ここでは、日常的な既製品に感歎を覚える境地が述べられ、既製品を自らの作品に大きく導入したウォーホルやポップ・アートとの繋がりが示唆されている。ちなみにこの6では、「日めくり」のような「一年に三百六十五篇の詩!」を書く構想が述べられていて、同じ年に刊行された『詩めくり』(一九八四・一二、マドラ出版)の構想にも触れている。

『日本語のカタログ』が刊行されたのは一九八四年のことであるが、その前年の一九八三年からこの年にかけて、日本で現代版画センター主催による大規模なアンディ・ウォーホルの巡回展が行われた。東京では渋谷のパルコ・パート3において六月八日にオープニング・パーティが開催され、二二日まで展示が続いた。その際のカタログに、「桃色の象」(「アフリカゾウ」)をはじめ「絶滅危惧種」シリーズが掲載されており、展示されたことが分かる。[24] ちなみにウォーホルは一九六八年六月三日、映画製作で関わりのあったヴァレリー・ソラナスに狙撃されて重体となるが、一命を取りとめている。[25] 「画廊にて」3に現れる記事は、このことを踏まえたものだろう。

この「画廊にて」のみならず、当時の谷川俊太郎の文芸様式とウォーホルらのポップ・アートとの間には、関連性があるように感じられる。それはポップ・アートの中にも見られる、シミュレーショニズム(simulationism)や流用アート(appropriation art)と呼ばれる要素である。すなわち、レディ・メイドや、あらゆる既存のオブジェの模造や流用によって成立する芸術である。椹木野衣は、一九八〇年代以降のニューヨークを舞台に展開したネオ・エクスプレッショニズム、ネオ・ジオ、さらにネオ・ポップなどと呼ばれた動向に対してシミュレーショニズム・アートまたはシミュレーショニズムと名づけた。[26] また小田茂一は、さらに幅広く現代芸術の一動向について、一括して流用アートと呼んだ。[27] 小田によれば、流用アートは、ミニマリズム、ポップ・アート、アクション・ペインティング、コンセプチュアル・アートなどに見られ、さらにその後のゴミ・アートやポストモダニズム、ボディ・ペインティングなどにも現れる。マルセル・デュシャンが、男性用小便器に「泉」[28]（Fountain）という題名を付してアメリカ独立美術家協会に送りつけたのは、一九一七年四月のことである。こうして拓かれたレディ・メイドというジャンルは、シミュレーションやアプロプリエーションに基づいた制作を本質とする様々な芸術潮流に受け継がれた。キャンベル・スープ缶や、毛沢東やマリリン・モンローら著名人の写真をシルクスクリーンによって複製するかのようなウォーホルの作風も、一種のシミュレーション・アート、流用アートと呼ぶことができる。

この見方を援用すれば、作品「日本語のカタログ」は、出典を明記した二一個のレディ・メイドを引用してモンタージュした流用アートと見なしうるだろう。しかも、ウォーホルの画風を流用と呼ぶ場合には、物そのものではなくその画像の複製を指すのに対して、「日本語のカタログ」は、テクストからテクストへの引用であり、コラージュによる貼り付けとなる。遡って、『定義』から『コカコーラ・レッスン』を経由して『日本語のカタログ』に至る詩集も、そのパロディ、パスティーシュ、スクラップ・ブックとしての形態や、マンガや写真・足型などとの組み合わせから見ても、流用アート、シミュレーション・アートとしての性質が強く前面に出ている。

これらによって成立する作品は、典型的には、現代的な資本制的流通の経路に現れた既製品・既成物を流用（引用・導入）し、その流用元のテクストと流用先のテクストとの間で生じる多面的な葛藤や対決、あるいは融合や調和などの現象を、表現上の資産として有効利用しようとする第二次テクストである。[29] それは、一九七〇年代から八〇年代にかけて、「詩イコール自己表現という固定観念」（前掲「詩・散文・現実」）に反発し、詩的発話の多様性を模索した谷川の視野に、確実に入っていた方法論であっただろう。

これに加えて、同じ観点から詩作以外の形でこの時代に表出された谷川の創造行為、特に写真・映像についても展望できる。[30] まず、谷川自身の撮影による写真集『ＳＯＬＯ』（装幀・安野光雅、一九八二・四、タゲレオ出版）がある。これは都市風景や身の回りの室内や小物類など卑近な対象を被写体として写真に収め、それとカタログや本や広告ちらしなどテクストの写真とを配して構成されたもので、いわば詩「日本語のカタログ」の写真版とも見ることができる。「日本語のカタログ」と同じように、巻末には「引用リスト」が詳細に記されている。

また、一九八二年四月に、この写真集の写真展がギャルリー・ワタリで開催された際、その会場で、当時病床にあった谷川の母を撮影したビデオ作品『Mozart, Mozart!』が公開された。[31] 飯沢耕太郎によれば、このビデオは「高橋悠治が弾くモーツァルトのロンドにのせて、杉並の家の庭、途中で画面を横切る紋白蝶、河北病院のベッドに寝ている母親の三つのシーンが流れる」。[32] 詩集『日本語のカタログ』にも「モーツァルト、モーツァルト！」と題する作品が収録されている。その末尾にはゴシック体で「作者は語る。」という見出しで、「〝Mozart, Mozart!〟っていうおんなじ題名の十一分ほどのヴィデオ・テープもつくったんですよね」云々と、そのビデオの内容や由来を説明する記事が付されているほか、ビデオから採られた写真が四葉挿入されている。

さらに、一九八二年から一九八三年五月に寺山修司が亡くなるまで、寺山の最後の時期に交わされたビデオによる往復書簡『ビデオ・レター』が作成された。[33] そこでは谷川が「これは私の電池です」「これは私の巻尺です」などと語りながら三六回に亙ってその対象物を重ねて写し、最後に「これは　私の　詩ですか」と締め括るシークェンスがある。[34] これは映像によるカタログ詩にほかならない。このビデオのテーマは意味と無意味をめぐる議論であり、谷川は「いままでの自分の〝意味〟とか〝価値〟のシステムでは捉えられないもの」を「無意味」とし、そこに「どういう〝無意味〟の意味があるのか」を考えることが「役に立つんじゃない?」と、寺山に答えている。[35]

写真や映画（ビデオ）は、必然的に映像外の要素を被写体として取り込むことから、流用アートへの展開を導入する性質を持つ。小田は「作品の制作手法を振り返れば、古代ギリシャ以来の伝統絵画の『模倣』、写真に始まる『複製』、そして今日のアートの『流用』へと、大きく三つの過程を変遷してきたといえるだろう」として、写真など映像による「複製」の過程を流用アートへの展開において見て取っている。[36] ウォーホルもまた、多くの映像作品を制作したことが知られている。前述のように谷川は「インタビュー　言葉への通路・私への通路」において、言語と映像的な対象および現実の存在物との間に関係を認め、ビデオ・絵本などの映像性とカタログとをエディティングやモンタージュにおいて連続するものとしてとらえていた。また、『往復書簡　詩と世界の間で』（一九八四・三、思潮社）では、「『日本語のカタログ』でも、ぼくは引用したひとつひとつの他人の文章をいわば写真に撮ってモンタージュしたんだと思う。逆に言えば『ＳＯＬＯ』の一枚一枚の写真は、写真でありながら多義的な言語であるとも言える。〈私〉というフィルターを通さずにそれらをそこに存在するものとして投げ出し、それらをモンタージュすることで逆に〈私〉をつくってゆく、それが共通した方法じゃないだろうか」と語り、『日本語のカタログ』のテクストを「写真」、逆に『SOLO』の写真を「多義的な言語」と見なし、相互に通底するものと見なしているのである[37]。

このように繰り広げられたこの時代の谷川の営為を、ジャンル論や芸術様式論の観点から、シミュレーショニズムや流用アートと合流する部分において総合的に追究することができる。この観点から、谷川のテクストを適切に分析しなければならない。谷川は、寺山修司・武満徹ら、日本現代の前衛芸術家たちと親交を結んだ詩人である。またこのような流用の問題は、テクストが他のテクストとの関係において制作され、流通し、受容される第二次テクスト現象の問題へと合流していくことにもなる。いずれにしても、現代日本を代表する詩人、谷川俊太郎は、まさに現代芸術としての詩を追求した詩人として定位できるのである。

第3章　翻訳とひらがな詩
谷川俊太郎のテクストにおける触発の機能

1　「私性」の変様

　本章では、一九七〇年代中盤から八〇年代半ばまでの、幾つかの詩集に現れた谷川の作風をシミュレーショニズムや流用アートと関連づけた前章を引き継ぎ、初期から、特に一九九〇年代以降の作品をも視野に入れつつ、改めて現代芸術としての谷川のテクスト様式を考え直してみよう。

　詩が作者の自己表現であるとする意識は、現在でも一般的なものだろう。しかし、現代詩においてそれは単純に成り立たない。詩は虚構であるか、あるいは虚構を含み、必ずしも自己を表現するものとはならない。その場合、情(こころ)を抒(の)べるという意味の抒情が詩の根幹をなすとする常識は覆されなければならない。前章で引用した「インタビュー　言葉への通路・私への通路」において、谷川は、「現代詩」においては「抒情」つまり「私」の自己表現が主流であり、谷川自身はそのような

「現代詩」に対して一貫して批判的であったと述べていた。それに対して、詩集『日本語のカタログ』は「エディティング」または「モンタージュ」の考え方によって、「現代詩」とは異なる立場を示したという。[1]そこで詩人は創作者というよりも、モンタージュを行う編集者あるいは媒介者となる。また、同じくエッセー「実作のカタログ」でも、「詩人というものはもともとは、言葉を生み出す存在ではなくて、人間と世界の間を言葉によって媒介する者だったんじゃないだろうか」と述べ、巫女や叙事詩の例を挙げ、詩以外のあらゆる言葉の形態を相手にすると語られていたのを確認した。[2]詩作は「エディティング」であり、詩人は「媒介する者」である。このように詩を自己表現とは異なるテクストと見なす思想は、谷川の最初期から主張されている。

　谷川の第一評論集の表題作品となるエッセー「世界へ！」には既に、「今、私の考えている方法は、詩から一切の曖昧な私性を完全に追放してしまう。そうすることによって、詩は明らかに劇や小説に近づく。詩は完全な虚構となり、感動はもはや言葉と直結しない。そうすることによって、私の生活の言葉は私の詩の言葉と完全に分離出来るだろう」と述べられている。[3]このマニフェスト（副題として「an agitation」と付されている）は、以後も基本的に一貫して谷川の思想として存在した。たとえばエッセー「ことばあそびの周辺」でも、自分が『ことばあそびうた』を作ったのは「詩とは主観的な自己表現であるという考えかたが、多くの人々を固定観念のように支配していること」に対して、「自分が言葉の中に歩み入ろう、むしろ自分を消してゆく方向に、言葉の富は表れてくるのではないか」という感覚だったからと言う。[4]詩は虚構であり、自己表現ではない、詩は共同体において媒介するメディアの役割を果たすものだとする思想を、谷川が最初期から継続して主張していたことを、改めて確認しておかなければならない。

しかし、たとえば「曰く、将を射んと欲せば馬を射よ。文学論は更に聞かれず、行くところ行くところ、すべて人物月旦はなやかである」(「書簡集」、「もの思ふ葦(その一)」、『日本浪曼派』一九三五・八〜一二)と、作品を見ずに作家の実像ばかりを問題とする風潮に対して皮肉に反論し、作家と作品は別だと常々言っていた太宰治の小説が、ほとんど決してそのように理解されなかったのと同じく、谷川の詩もそのように理解されないことがある。太宰にも似て、谷川の作品には多数、谷川の「私」を表現したように見られるものが含まれている。たとえば詩集『夜中に台所でぼくはきみに話しかけたかった』(一九七五・九、青土社)に収録された表題作品には、「武満徹に」「小田実に」「谷川知子に」など友人や家族の名が宛先として付されていた。また谷川のひらがな詩集『はだか』(一九八八・七、筑摩書房)に挿画を描いた佐野洋子は、詩集『女に』(一九九一・三、マガジンハウス)の絵も担当し、共著として小説集『ふたつの夏』(一九九五・七、光文社)を刊行した。『女に』や『ふたつの夏』の内容は、二人の間の体験を題材にしたものと見なされる。このように、私的とも受け取れる事柄の谷川作品への導入は一貫して続いてきた。さらにそれは、詩集『世間知ラズ』(一九九三・五、思潮社)において顕著に現れている。

『世間知ラズ』の巻頭に置かれた「父の死」と題する作品では、「私の父は九十四歳四ケ月で死んだ。〔……〕自宅で死ぬのは変死扱いになるというので救急車を呼んだ。〔……〕遺体を病院から家へ連れ帰った。／私の息子と私の同棲している女の息子がいっしょに部屋を片付けてくれていた。〔……〕別居している私の妻が来た。私は二階で女と喧嘩した。」などの記述が続く。以降、葬儀の際の喪主挨拶の文面、夢に父を見て夢の中で泣いた記事など、俊太郎の父である谷川徹三の死にまつわる内容が綴られる。この詩は「世界へ！」で否定された「私性」の表現ではないのか。その時、「生活の言葉」と「詩の言葉」を切り離すとした「世界へ！」の主張は否定されたのだろうか。

ちなみに、『世間知ラズ』を発表した後、谷川は「沈黙の十年」とも呼ばれる時期を迎えた。尾崎真理子による評伝を参照すると、「いわゆる谷川の『沈黙の十年』とは、一九九三年の『世間知ラズ』刊行から『minimal』まで、現代詩の総本山、思潮社から新作の詩集を出版しなかった期間を指している」とされる。[5] その『minimal』（二〇〇二・一〇、思潮社）のあとがきには、この期間を振り返って、「詩を書くことに行き詰まったのではなく、反対にあまりにイージーに詩を書いてしまう自分、現実を詩の視線でしか見られなくなっている自分に嫌気がさしたと言えばいいのだろうか」と振り返っている。

『minimal』は、三行四連から六連までの詩が一章に一〇編ずつの、全三章三〇編が収録された詩集であり、そこには明確な形式感覚が見て取れる。一行の字数が極めて少なく、いわば行分けされた俳句的な短詩の連鎖ともいうべき体裁であり、それはミニマル（最小の）という題名の所以だろう。巻頭の詩は「襤褸」と題されている。

夜明け前に
詩が
来た

むさくるしい
言葉を
まとって

恵むものは
なにもない
恵まれるだけ

綻びから
ちらっと見えた
裸身を

またしても

私の繕う

艦褸

（「艦褸」）

艦褸（らんる）とはボロ切れのことである。この詩は、詩が「私」のもとに訪れるが、それは「むさくるしい言葉」をまとっており、そのボロのような言葉を繕うのは「私」である。詩は「私」にとって外部から到来するものであり、だからこそ、あるいは、それにもかかわらず「私」は何かを恵むのではなく恵まれるのみである。詩の「裸身」、つまり詩の本体は一種不可触な状態にある。「私」は言葉を繕って詩を被うほかにない。このように解釈すれば、この詩もまた言葉で対象をとらえること自体について、詩や詩人の限界を見据えつつ語ったものと言える。特に、詩が詩人にとって外部から到来するもので、内側から湧き出るものではないという発想が認められる。詩集のあとがきでは、中国旅行が契機となって、「俳句とそれからもしかするとある種の漢詩のもつ、饒舌とは対極にあるものに、知らず知らずのうちに同調していたのだろうか」と内省し、また「沈黙したい、もう一度沈黙に帰って新しく書き始めたいという意識下の欲求」が執筆の動因となったと記されている。これは『六十二のソネット』以来の、「沈黙」に寄り添う谷川自身の詩法を回帰させたと言うべきだろう。「艦褸」のほか、同様のことは特に「書かなくてもいいのに／こうして／書いて」と書く巻末の詩「こうして」についても指摘できる。これらも明白に、詩についての詩であるとともに、初期の作品から一貫して見られる発語行為において生ずるパラドックスを詩的様式の糧としている。なお、詩集『minimal』には、ウィリアム・I・エリオットと川村和夫による英訳が併録されているが、その問題を含め、この詩集については後の章で改めて詳しく論じることにする。

二〇〇〇年代に入ってからの谷川の活動として、『詩の本』（二〇〇九・九、集英社）や『詩に就いて』（二〇一五・四、思潮社）などは、題名の通り、詩についての詩を中核とする詩集である。また、子ども向けながら、内容としては本格的な詩作入門である『詩ってなんだろう』（二〇〇一・一〇、筑摩書房）が発表された。さらに過去の詩論を再編集した『詩を書く　なぜ私は詩をつくるか』（二〇〇六・三）、『詩を考える　言葉が生まれる現場』（二〇〇六・六）、『詩を読む　詩人のコスモロジー』（二〇〇六・九）の三部作も、相次いで思潮社・詩の森文庫から刊行された、これらを併せて、この時期以降の谷川は、顕著に詩とは何かにまつわる詩そのものの追究を活動の中核に置いていたと見られる。

その中でも注目すべきは、詩集『私』（二〇〇七・一一、思潮社）である。表題作の「私」は、八編の詩による連作である。最初の「自己紹介」の第一連には、「もう半世紀以上のあいだ／名詞や動詞や助詞や形容詞や疑問符など／言葉どもに揉まれながら暮らしてきましたから／どちらかと言うと無言を好みます」とあり、改めて「無言」（沈黙）が、この饒舌な詩人の根底にあることを示している。また、三番目の詩「『私』に会いに」においては、「母によって生まれた私」、つまり生身の「私」と、「言語によって生まれた私」、つまりテクストにおける主体としての「『私』」とが区別され、「どっちがほんとうの私なのか」として、その分裂と二重化に対する意識が認められる。◉6

このような認識は、谷川のテクストにおいては珍しいことではない。先に触れた『世間知ラズ』のタイトル詩である「世間知ラズ」は、冒頭で「自分のつまさきがいやに遠くに見える」と自己疎隔の感覚によって枠付けを行い、「行分けだけを頼りにかきつづけて四十年〔……〕女を捨てたとき私は詩人だったのか／好きな焼き芋を食ってる私は詩人なのか」と、「私」における「詩人」要素の実在について自問する。ただし、末尾の印象深い文「詩は／滑稽だ」は、これがほかならぬ詩の言葉である限りにおいて、自己を否定すると同時に肯定もするパラドックスを作り出している。先に見た「『私』に会いに」においても、最終連で「布団並べて眠りに落ちると／私も『私』も〈かがやく宇宙の微塵〉となった」と、宮澤賢治への引喩を介し、結局は「微塵」というコロイドに属する一員として、「宇宙」という同一の系に帰属する様相において、二つの「私」を回収していた。[7] ここでは、〈かがやく宇宙の微塵〉において、自己否定と自己肯定に分裂した「私」は統合されることになる。パラドックス、両義性、アイロニーが横溢し、むしろそれが常態となって詩の根底を支えているのが、谷川の詩的様式の基本なのである。そこにおいて、「私」の位相もまた矛盾した広がりを与えられている。

ちなみに、谷川は二〇一〇年のインタビュー『詩を書くということ　日常と宇宙と』で自らの初期を振り返り、当時は詩を公のものとするために私生活と切り離すことを考えていたが、「でも読み返してみると、実際には相当色濃く、私生活的な要素が入っているんですね」とし、「それを生（なま）の形で持ち込まないにしても、自然に詩が実生活の経験に影響を受けているっていうふうに意識するようになりましたね」と述べている。[8] 詩が私生活の「生の形」の直接的な表出ではないにせよ、何らかの形で「影響」を受けるのは、詩が人間によって作られる以上、当然のことである。問題はその表現の様式に絞られる。このインタビューで谷川は、「私有できる言葉」は存在せず、「常に、言葉は自分と他人を結ぶものであるわけだから、私が『私』と言ったときには、もう全世界の『私』を含んでいると考えていいんじゃないかなと思っています」と発言している。[9] そのことの実現は、容易とは思われない。しかし、少なくとも「〈かがやく宇宙の微塵〉」として、いわば遍在する「私」の位相を理想や可能性として目指そうとしたのは、谷川と宮澤とに共通する様式のあり方であると言えるだろう。

2　ひらがな詩の成立と様式

谷川俊太郎は、子ども向けを多く含みながらも、決してそれに限られることなく、極めて多数のひらがな詩を書いている。谷川の多方面に亙る厖大な作品のうち、ひらがな表記のテクストは、児童文学（絵本）、翻訳、そして詩にまたがる領域に広がっている。しかし、ひらがな詩は最初から量産されていたわけではない。第一詩集『二十億光年の孤独』には、著名なひらがな詩「はる」（「はなをこえて／しろいくもが」）が収録されている。ただし、初期の全詩集である『谷川俊太郎詩集』（一九六五・一、思潮社）および『谷川俊太郎詩集　続』（一九七九・一二、思潮社）の収録作品を追う限り、次のひらがな詩（または、それに類する詩）は、『落首九十九』（一九六四・九、朝日新聞社）に収録された「五月の人ごみ」（「どんぐりまなこ／かなつぼまなこ」）を待たなければならず、これはタイトルに漢字が交じるものの、本文はひらがなとカタカナのみである。さらにその次は『うつむく青年』（一九七一・九、山梨シルクセンター出版部）に収められた「みずうみ」（「ただひとすじのほそみちにまよい」）で、これは題名も含めてひらがなのみの詩である。すなわち、全詩集による限り、概ね初期の二〇年間にひらがな詩は単発の三編しかない。

谷川のひらがな詩が系統的に多数書かれるようになるのは、『ことばあそびうた』（一九七三・一〇、福音館書店）からである。その巻頭作品は「ののはな」（「はなののののはな／はなのなあに」）であった。全一五編は「十ぴきのねずみ」のタイトルに表れた「十」の字を除き、すべてひらがな表記である。またその続編『ことばあそびうた　また』（一九八一・五、福音館書店）所収の同じく全一五編も、「このへん」に出てくる「ミュンヘン」のカタカタ以外はすべてひらがなである。さらにその後に発表された『わらべうた』（一九八一・一〇、集英社）、『わらべうた　続』（一九八二・三、集英社）所収の計七〇編は、ごくわずかな漢数字以外はひらがな詩であり、『よしなしうた』（一九八五・五、青土社）所収全三六編も、若干のカタカナと漢数字以外はひらがなによる詩である。このようにこの時期にひらがな詩の執筆が始まり、その後、随時発表されて現在にまで至っている。

谷川と山田馨との対談『ぼくはこうやって詩を書いてきた　谷川俊太郎、詩と人生を語る』には、「にほんごの源へ――ひらがな詩の冒険」の章が立てられている。そこでは、これらの詩集のほかに

『みみをすます』（一九八二・六、福音館書店）、『どきん』（一九八三・二、理論社）、『いちねんせい』（一九八八・一、小学館）が検討され、他の章でも『はだか』（一九八八・七、筑摩書房）、『みんなやわらかい』（一九九九・一〇、大日本図書）、『すき』（二〇一八・一〇、理論社）などのひらがな詩集が取り上げられている。[10] この対談においては、谷川が「ひらがな表記という問題に関していうと、ぼくは絵本がはじまりだというふうに自分では認識してるんです」と述べ、山田は「最初の翻訳絵本の、レオ・レオニの『スイミー』と『フレデリック』からもうひらがな表記ですね」と、絵本の仕事がひらがな表記によることを指摘している。[11] 谷川の翻訳による『スイミー　小さいかしこいさかなのはなし』と『フレデリック　ちょっとかわったのねずみのはなし』は、ともに一九六九年四月に好学社から刊行された。[12]

そしてほぼ同じ時期に、谷川は、ほぼひらがな、カタカナのみによるマザー・グースの翻訳に着手している。同対談では、「『マザー・グースのうた』をやってから『わらべうた』です」と、一九七五年から刊行が開始された『マザー・グースのうた』シリーズ全五巻（草思社）が、一九八一年の『わらべうた』に繋がったと語られている。[13] 谷川による最初のマザー・グースの翻訳は、一九七〇年に出版された日英対訳版の絵本である *Richard Scarry's best Mother Goose ever*（『スカーリーおじさんのマザー・グース』、中央公論社）の附録に収録された五〇編である。[14] この経緯に関しては、鈴木直子が谷川による各種マザー・グース本の翻訳を比較し、その間の変遷を明らかにしており、貴重な検証である。[15] そして、『ことばあそびうた』の詩の初出は、雑誌『母の友』（福音館書店）の一九七〇年一〇月号から七二年三月号まで途中休載を挿みながら連載された。これらを考え併せると、谷川によるレオ・レオニおよびマザー・グースの翻訳と、『ことばあそびうた』以降のひらがな詩の創作とは、まさしく時を同じくして始まったと言えるのである。

また、この谷川・山田対談では、『マザー・グースのうた』との繋がりで、北原白秋採集による『わらべうた』上下巻を谷川編により一九八二、三年に冨山房から出版したことにも触れられている。◉16 前の章で触れたように、その元となった白秋編の『日本伝承童謡集成』全六巻（一九七四・九〜一九七六・一二、三省堂）からは、『日本語のカタログ』のタイトル詩の最後の断章に童謡が流用（引用）されていた。このように、翻訳出版の開始、ひらがな詩の成立、そして流用の経緯は、すべて繋がっているのである。従って、レオ・レオニとマザー・グースの翻訳作業は、谷川のひらがな詩の成立において決定的な意味を持っていたと考えられる。また、マザー・グースに見られるノンセンスの要素、ナーサリー・ライム（nursery rhyme）と童唄との共通性、それらが谷川の『ことばあそびうた』や『わらべうた』に、白秋の仕事の介在も含めて寄与したことも、相当の確度を持って指摘できるだろう。

ひらがなで書くことの様式的な意味は、どのように把握できるだろうか。谷川自身は、エッセー「マザー・グース　読みかた読まれかた」において、「ぼくの訳の他の人の訳とくらべて特徴的なところは、強引にひらがなばかりで訳してるってところなんです」と述べ、その理由を、それらは「口承」の歌だから「できるだけ口と耳で伝えたり楽しんだりできるようにしたい」ということに求めている。[17] この「口と耳」を重視するような、音感や「口承」性の追求については、これまでも論者によって認められてきた。山田兼士は『クレーの絵本』（一九九五・一〇、講談社）所収の「選ばれた場所」に触れて、「総ひらがな表記が目につくが、これは例によって、和語を大切にしたいという気持と音を重視する谷川詩学のあらわれである」[18]と述べている。また水間千恵もマザー・グースの翻訳について、「谷川訳の特徴は、原詩の持つ口承文芸としての特徴に着目し、日本人の身体感覚になじむリズムに、言葉のもつイメージを押し広げるような、豊かな音の響きをあわせもつ点にある」[19]と論じた。これらはいずれも適切な指摘である。ただし、ひらがな表記に関して見直すと、単に音感や音楽性を求めるために文字の表音性を重視するのであれば、漢字にふりがなを振れば間に合うだろう。全てをひらがなで書くことは、それとはまた異なる問題を含むのではないだろうか。一例として、詩集『はだか』の巻頭の詩「さようなら」を考えてみよう。

ぼくもういかなきゃなんない
すぐいかなきゃなんない
どこへいくのかわからないけど
さくらなみきのしたをとおって
おおどおりをしんごうでわたって
いつもながめてるやまをめじるしに

ひとりでいかなきゃなんない
どうしてなのかしらないけど
おかあさんごめんなさい
おとうさんにやさしくしてあげて
ぼくすききらいいわずになんでもたべる
ほんもいまよりたくさんよむとおもう
よるになったらほしをみる
ひるはいろんなひととはなしをする
そしてきっといちばんすきなものをみつける
みつけたらたいせつにしてしぬまでいきる
だからとおくにいてもさびしくないよ
ぼくもういかなきゃなんない

（「さようなら」）

この詩を任意の仕方で漢字かな混じり文に書き換え、二つを比較してみると、概ね次のようなことが言える。まず、ひらがなだけの場合よりも、漢字かな混じり文の方が読みやすい。その理由は第一に、ひらがなを漢字に改めると、漢字の表意性のため語の意味が明瞭となり、意味を塊として把握できるようになるからである。ひらがなのみの原文の場合は、語句の単位ではなく文字の単位で読み取られ、意味は塊ではなく、くまなく走査するようにして汲み取らなければならない。これと関連して第二に、原文は分かち書き（spacing）をしていないため、文節や単語の分節が読み取りにくい。漢字かな混じり文の持つ句読法（punctuation）の機能がひらがなのみでは失われるため、単語の区切りが容易に理解できない。やはりいったん文字列を上下に目でスキャンし、しかる後に脳裏で再構成しなければならない。要するに谷川のひらがな詩は、文字列をいったん意味を欠いた記号に還元された形で呈示してしまう。これは「口承」や音感に関わる「口と耳」ではなく、むしろ目（視覚）と意味の問題なのである。

次に、原文はひらがな書きのため、あたかも漢字を習得する以前の子どもが語り手であるように感じられる。そのことの意味は、まず、この詩の内容に語られた母からの出発・離別が、漢字習得以前の、より低年齢の子どもの事例であるような印象を与えることである。しかし、それでは内容に照らして幼すぎ、辻褄が合わない。それは具体的な何歳かの子どもというよりも、年齢としては子どもとは言えない者にも到来するような、根元的な原郷からの離脱を語るものではないだろうか。それは人が社会的な存在である限り、誰もが免れられない宿命というほかにない。従ってこれは子どもの詩なのだが、子どもだけの詩ではなく、また「おかあさん」「おとうさん」が意味するものも、必ずしも父母に限らない。ここでは、ひらがなのもつ原初性（radicality）が、離別・出発という事態の本質的な原初性と共鳴している。そこに登場する子どもは、いわば原初的という意味での子どもであり、実際の子どもに限定されることはない。

このようなエクリチュールの原初性と、それが開示する意味内容における原初性こそ、多くの谷川のひらがな詩に共通に見られる特徴として類推できるのではないだろうか。だからこそ彼のひらがな詩はしばしば、理性では割り切れないような、秩序以前の混沌、ジュリア・クリステヴァの言葉を借りれば、ル・セミオティーク（le sémiotique、原記号態＝記号の象徴体系以前の係争中の状態）にも近い何ものかを噴出させる。[20] 谷川のひらがな詩、ひいては谷川の詩一般が、時としてある種の不気味な、得体の知れない不安や恐怖を喚起するテクストとしても目に映るのは、このような原初性の要素に由来する。谷川のひらがな詩における原初性の問題については、後の章で改めて精査するが、差し当たりこのことを指摘しておかなければならない。

谷川は山田との対談において、「これは自分ではなんで書けたのかまったく説明できない」「自分の一番深いところから出てきているから、自分の理性では説明がつかないんですよ」と述べ、同じような例として『夜中に台所でぼくはきみに話しかけたかった』巻頭に置かれた「芝生」（「そして私はいつか／どこかから来て／不意にこの芝生の上に立っていた」）を挙げた。[21] 作者も由来を説明できない詩「さようなら」は、読む者をも感動とともに困惑に誘う作品である。読者は「ぼく」と「おかあさん」の関係を明確に説明できない。それは、ある子どもと母の具体的な場面を描いているようでいて、具体性から離れた原初性の領域で展開されているためである。このような詩を、実体験のような具体性の側から解釈しても、解釈は終結しない。そのようなひらがな詩の例は多い。幾つか挙げれば、同じく『はだか』所収の「おかあさん」（「それからおかあさんはでかけた／いまどこにいるのおかあさん」)、『いちねんせい』(一九八八・一、小学館)所収の「にじ」(「わたしが　いなくなっても／もうひとりのこが　あそんでる」)、『クレーの絵本』所収の「選ばれた場所 Auserwählte Stätte 1927」(「けれどそのくらやみのさきに／まだおおきなあなのようなものがみえる」)などはその好例である。

3　触発とブリコラージュ

ところで、谷川は、基本的に注文を受けて書く職業詩人である。山田馨との対談では、「子どもの詩をどんどん書いてくださいよ」という山田に対して、「注文があればね」と答えている。[22] これは韜晦ではなく、方々で同じ意味のことを谷川は述べていた。たとえば大阪芸術大学でのコロキウムでは、なぜ詩を書き続けているのかという質問に対して、「他人様のお役に立って、お金をいただきたいというのが主眼なんです」と回答している。[23] 詩「私」の「自己紹介」で、「私の書く言葉には値段がつくことがあります」と言う通りである。他方、尾崎真理子によるインタビューでは、「注文じゃない詩を書き始めたのって、『ミライノコドモ』(二〇一三年、岩波書店)あたりからかなあ」と述べており、[24] 逆に言えばそれまでは基本的に注文を受けて書いていたのである。

また、谷川は多数に及ぶ校歌や唱歌の歌詞を作詞している。[25] 作曲家の林光は、大量の校歌をつくる谷川を「職人」と呼んでいる。[26] どのようなテクストでも注文を受けて書くことは、テーマや分量、媒体の性質などの枠を受け入れ、その枠付けの下で書くことになり、校歌はその典型だろう。枠に合わせて発語することは、外部的な要素を受け入れ、あるいはそれに触発されて、独自に様式化することである。その時、発語は純粋に内発的なものではなくなる（純粋に内発的な発語などありうるかという問題は措くとしても）。とはいえ、それは全く主体的な発話でないとも言えない。尾崎によれば、谷川は現代「ただ一人の職業詩人」であるという。[27] 発語の様態に関して言えば、「職業詩人」には、注文という外部的要求に応じて書く人という意味が含まれる。

日本詩歌の伝統においては、外部または他者に触発され、あるいは他者や他者の発語との関連において書く手法として、贈答歌・題詠・歌合などがあり、さらに連歌・俳諧などがあったが、谷川はこれらに類する手法を次々と試みてきた。谷川には『手紙』（一九八四・一、集英社）、『詩を贈ろうとすることは』（一九九一・五、集英社）など贈答詩を示唆する詩集があり、それは『あなたに』や『夜中に台所でぼくはきみに話しかけたかった』の時期にまで遡る。また正津勉との『対詩 1981.12.24〜1983.3.7』（一九八三・六、書肆山田）、詩誌『櫂』同人による『櫂・連詩』（茨木のり子・大岡信・川崎洋・岸田衿子・谷川俊太郎・友竹辰・中江俊夫・水尾比呂志・吉野弘、一九七九・六、思潮社）、さらに大岡信、H・C・アルトマン、O・パスティオールらとの『ファザーネン通りの縄ばしご　ベルリン連詩』（一九八九・三、岩波書店）など、対詩や連詩と冠する作品もある。あるいは、「詩のボクシング」と銘打たれた即興詩合戦は、歌合に対していわば詩合（しあわせ）にほかならない。これらはいずれも他者との接続・接触が意図されている。この傾向を言い表す言葉として、筆者はそれを『夜中に台所でぼくはきみに話しかけたかった』に即して、コンタクト志向の詩と名づけた。[28] この場合のコンタクト志向とは、メッセージ志向と対立する概念である。ところで、触発されて書く方法の典型とも言える営為が、翻訳である。翻訳とは、他者の作成した原典に対する第二次テクストを生成する作業であり、必然的に、先行テクストによる枠付けを大きく受けて行われる。

翻訳のテクストにおいて、翻訳者の「私性」は、枠付けによって触発された結果としてしか現れてこない。訳者が異なれば訳文も異なるのは、訳者固有の様式が、翻訳・解釈と相関する文体や訳語の選択として発現するからである。谷川はレオ・レオニやマザー・グースのテクストに触発されて自らの様式を作り出し、それを翻訳の形で表出した。その様式こそ、ひらがな詩という記号的原初性に重点を置いた表現であった。それは、ひらがな表記により容易に読みうるゆえに、普遍性・汎用性を備えている。反面、先に検証したように、むしろそこから明確な意味を容易に汲み取ることはできず、その結果、いわば秩序以前の混沌にも近い要素を宿したものとなった。「さようなら」に代表されるひらがな詩において、具体性・事実性という水準における個人的な「私性」は消滅している。だが、そのような形象において様式を出現させた、過程における主体としてのみ、テクストに「私性」を見て取ることもできなくはない。ただし、そのような要素はもはや「私性」と呼ぶに相応しいものではなく、むしろ詩的様式の一成分としての意味生成機能の帰結として見るべきである。

このように外部的な要素を取り込むとともに、それらの変換によって様式を付与する仕方は、時期的に見ても、ひらがな翻訳やノンセンス詩の実践と並行して、前章で論じた流用アート系の詩集において行われた営為と性質的に合流するものである。子ども向けの詩作入門書である『詩ってなんだろう』は、それこそひらがなを多用して分かりやすく書かれてはいるが、その内容は高度であり、そこには「したもじり」つまり早口言葉や、「おとのあそびの詩」「いみのあそびの詩」などのノンセンス詩、行頭の文字で語・文をつくるアクロスティック、『これはのみのぴこ』（一九七九・四、サンリード）を生んだ「つみあげうた」などの詩法が満載されている。谷川は、詩的技術の職人である。

また谷川のひらがな詩やノンセンス詩は、谷川による翻訳という外部との接続によって成立していた。さらに、谷川の連詩・対詩・書簡詩、あるいは大岡信や寺山修司らとの対談や往復書簡、ビデオレターの類、さらに子息の賢作のバンドDiVaとのコラボレーションや、いわゆる「詩のボクシング」などの活動は、「私」を外へ開き、それによって固定的な「私」を無化し、無化する素振りそのものにおいて「私」を仮想的に出現させる。さらに、『メランコリーの川下り』（一九八八・一二、思潮社）や『minimal』は、新刊の時からエリオットと川村による英訳が併記され、のみならず谷川の詩集の電子書籍版には、同じ訳者陣による英訳が併録されている。このことの実態や機能については、後の章で改めて論じる。少なくともこれらが、今度は谷川自身の詩が外国語という外部へ向けて接続される契機を提供していることは疑いもない。

外部との接続による触発、あるいは、他者からの枠付けによる発語を、明示的に、あるいは暗示的に詩様式の内部に組み込むのが谷川のテクストなのである。これは、谷川の詩における「私」あるいは「私性」に関してこれまで言われてきたことに通じる。たとえば北川透は、『対詩』所収の「10からっぽ」に触れて、谷川の「〈私〉は空っぽであって、空っぽではない。〈私〉の心は一定に留まらない。全てと無のあいだを、常に往復する運動体なのである」と指摘した。[29] あるいは四元康祐は、『コカコーラ・レッスン』や『日本語のカタログ』など「〈言語本位〉の系列」の詩集について、「そこにはこの詩人に特有なパラドックス（天の邪鬼さ）が働いている。すなわち自分やその周囲の日常を題材としたときには、私小説的に舞台裏を曝け出すかに見せて実は巧妙な韜晦のヴェールを張り、むしろ言語の極北を目指す登攀の最中でこそ、その足どりやさりげない仕草のうちに、『私性』と『ドラマ』を許してしまう」と述べている。[30] それは、外部との接続によって触発された結果として、与えられ、あるいは見出された枠組みや素材を流用して利用し、それによって作られたテクストにおいて、「私」を発生させる様式に関わるのである。

またそれは、秋山さと子が、谷川の創作態度はブリコラージュであると指摘したこととも関連する。[31] レヴィ＝ストロースが定式化したブリコラージュ（器用仕事、bricolage）は、手近な素材を使って様々なものを作り出す神話的思考の文化であると同時に、二〇世紀初頭以来の現代芸術の手法とも見なされた。[32] 谷川の様式は、流用され、あるいは触発された素材を用い、独特の詩的技術によって作り上げた広い意味でのブリコラージュであり、その意味で現代芸術に合流するのである。このことは、大岡信との対談『詩の誕生』において、詩作は「非常に機械的に書いてもいい詩ができる場合もある」とか、「言葉の富をアノニムに自分のものにしていくことができる」として、「自分のなかから言葉を生み出すのが詩の才能であると昔は思っていたけれども、このごろぜんぜんそうは思えない。詩の才能てのは、有限の語彙から何を選択するかという才能なんだ。自分が生む必要はない。選んでいけばいいんだ」と述べていたこととも合致する。◉33

ブリコラージュはまた、コラージュやモンタージュとも重なる。翻訳のほかにも、谷川は様々な海外文化との交点において詩を作っている。パウル・クレーの絵画に詩をつけた『クレーの絵本』や『クレーの天使』（二〇〇〇・一〇、講談社）、モーツァルトの曲と自らの朗読を収めたCDをセットにして販売された詩集『モーツァルトを聴く人』（一九九五・一、小学館）がある。これらにおいて詩的発語の契機とされたのは、絵画や音楽作品からの触発である。また触発の契機を芸術作品だけでなく、地理的な場所にも拡張すれば、『minimal』の中国旅行や、『トロムソコラージュ』（二〇〇九・五、新潮社）のノルウェー旅行など、いわば羈旅の詩もその系列に含めて考えることができる。谷川における海外文化からの影響は、多くの場合、触発という意味におけるものにほかならない。その結果として、共鳴とも見える形で触発対象を解釈し、そこから意味を取り出すことが常に行われている。その一例を、『クレーの天使』所収の「泣いている天使」に求めよう。

まにあうまだまにあう
とおもっているうちに

まにあわなくなった

ちいさなといにこたえられなかったから
おおきなといにもこたえられなかった
もうだれにもてがみをかかず
だれにもといかけず

てんしはわたしのためにないている
そうおもうことだけが
なぐさめだった

なにひとつこたえのない
しずけさをつたわってきこえてくる
かすかなすすりなき……

そしてあすがくる

（「泣いている天使」）

泣いている天使（es weint）

この詩は、パウル・クレーの晩年に描かれた一連の天使シリーズより、一九三九年作の es weint につけられた、超絶的なひらがな詩である。泣いている天使の図以上の情報がほとんどない素描に対して、間に合わず、答えられない悔恨とともに、ごく一点のあえかな可能性(「そしてあすがくる」)が示唆される。山田馨との対談では、この詩は当時の谷川の置かれた状況と深く関わって作られた(「結構しんどかったんだもん、そのころは(笑)」[34])というのだが、それが何のことか詩の表面からは全く分からない。望月あすかは谷川とクレーとの関わりを論じて、両者には共通に「原始性への指向」という「魂」が認められるとし、「画家のクレーが線であらわそうとしたのに対し、詩人である谷川は平仮名で、そこへ向かおうとした」と述べた[35]。クレーと何人かの詩人との関係を論じた岡田和也は、『クレーの絵本』から「幻想喜歌劇『船乗り』から格闘の場面」(Kampfszene aus der komisch-phantastischen Oper 'Der Seefarhrer, 1923)を取り上げ、「全文ひらがななのは、谷川がクレーをナイーヴ・アートの特徴として把握してのことからであろう[36]」とする。これらは、谷川様式における本質的な原初性を、ひらがなの「原始性」や「ナイーヴ」さによって代表させ、各々に説明したものとして理解できる。この問題についても、章を改めてさらに論じよう。

ちなみに、前章で論じた『定義』『コカコーラ・レッスン』『日本語のカタログ』など、コラージュや流用の要素が強い詩集に収められた作品も、流用・コラージュ・ブリコラージュの繋がりにおいて、翻訳や触発によるひらがな詩と深いところで様式的に合流する。流用アートは、既成のテクストを断片化して引用し、引用元と引用先のテクスト間で意味作用を発生させ、その意味作用においてこそ主体的と見なされる表現を付与しようとする第二次テクストであった。先に見たように、『定義』所収の「壹部限定版詩集〈世界ノ雛型〉目録」や、『コカコーラ・レッスン』の「タラマイカ偽書残闕」、あるいは『日本語のカタログ』のタイトル詩「日本語のカタログ」などは、それぞれの仕方で流用とコラージュを行い、それによって内容的には世界の原初性に迫ろうとした試みであった。

谷川はエッセー「発語の根はどこにあるのか」において、「真の媒介者となるためには、その言語を話す民族の経験の総体を自己のうちにとりこみ、なおかつその自己の一端がある超越者（それは神に限らないと思う。もしかすると人類の未来そのものかもしれない）に向かって予見的に開かれていることが必要で、私はそういう存在からはほど遠いが作品をつくっているときの自分の発語の根が、こういう文章ではとらえきれないアモルフな自己の根源性（オリジナリティ）に根ざしているということは言えて、そこで私が最も深く他者と結ばれていると私は信じざるを得ないのだ」と述べている。[37] 同様の言葉は、他の多くのエッセーにも見られる。「発語の根」が「私」の根源性に由来し、そこで他者とも繫がるとする思想は、これまで見てきたような触発された詩、流用・コラージュ・ブリコラージュによる詩、あるいは、ひらがな詩の本質的な原初性によって担保されるものだろう。

ただし、それによって果たして真に他者と結ばれるかどうかはまた別の問題である。根源のところで「私が最も深く他者と結ばれている」とする信念は尊重しなければならないとしても、それが果たして現実のものとなるかは定かでない。広く親しまれているとはいえ、谷川の作品は、必ずしも調和主義的ではない。多くの場合、そこには不気味で得体の知れない要素が確実に宿り、読む者に無限の問い直しを要求する。それは美しい詩であり、抒情詩のように見えるが、その美しさはブリコラージュの美しさである。そこに認められる本質的な原初性は、いわば意味以前の不気味なものを伴っている。『女に』などの女性との関係を描いたとされる作品や、父の死を取り上げた『世間知ラズ』など実生活と密接に結びついていると見なされる詩集もその例外ではない。谷川の詩に見られる「私性」とは、一般にいう意味での「私」とは、もはや無関係であると言わなければならない。本書の課題は、谷川の詩的様式を定位するに相応しい語彙を、現代芸術との関わりから引き出すことにある。この観点からは、ひらがな詩と本質的な原初性という観念との繋がりが、さらに究明されなければならない。

第４章　ひらがなの天使（上）谷川俊太郎『モーツァルトを聴く人』『クレーの絵本』『クレーの天使』

1　『モーツァルトを聴く人』『クレーの絵本』概観

谷川俊太郎作品の特徴の一つであるひらがな詩の成立に関しては、前章で触れたように、翻訳活動との関わりが濃厚であった。すなわち一九七三年の『ことばあそびうた』（一九七三・一〇、福音館書店）以降におけるひらがな詩の旺盛な創作は、同時期にそれよりもやや先行して開始されたひらがなによる翻訳活動、すなわち一九六九年以降のレオ・レオニ『スイミー』『フレデリック』などの絵本、一九七〇年以降のマザー・グースの詩集シリーズなどが契機となった。ひらがな詩は、本章および次章で再び問題とするように、谷川にあってはその本質的な原初性によって機能している。また、翻訳は、他者のテクストを受容し解釈する営為であるから、触発の一契機と見なしうる。さらに、注文を受けて書く職業詩人としての谷川の態度も、外部または他者によって触発され、外部的な要素を取り込んで変換するという意味で、このような経緯と密接に関わっていた。このように、触発は、外部・他者との接続による発語を詩様式の内部に組み込む営為として、エディティングやモンタージュ、さらにアプロプリエーション（流用）やシミュレーション（模造）とも連なる機能であり、それによって谷川の詩は、いわゆる「私」ならぬ虚構的な「私」を発生させる。これらはすべて、谷川の追求した詩が、現代芸術として評価されるべき顕著な特徴を示すものである。

ところで、一九五〇年代、六〇年代の、いわば現代っ子詩人として登場し、異邦人意識や沈黙の凝視などに注力した時期から、一九七〇年代、八〇年代のモダン・アート的な営為を経て、一九九〇年代以降の谷川は、実験的・前衛的な試みと、認識的・本質的な表出とを止揚していく時期へと展開したように見える。既に触れたように、父・谷川徹三の死を契機として書かれた一九九三年の詩集『世間知ラズ』（一九九三・五、思潮社）から、中国旅行を基盤として俳諧・漢詩などにも接近した題名通りの短詩集である二〇〇二年の『minimal』（二〇〇二・一〇、思潮社）までの間、谷川はいわゆる本格的な詩集を発表しない、「沈黙の十年」を経過したことが知られている。ただし、その実質的な意味は、尾崎真理子の言葉によれば、「現代詩の総本山、思潮社から新作の詩集を出版しなかった期間を指している」[1]。『世間知ラズ』と『minimal』の間にも、思潮社以外から、谷川は『モーツァルトを聴く人』（一九九五・一、小学館）、『真っ白でいるよりも』（一九九五・五、集英社）、『クレーの絵本』（一九九五・一〇、講談社）、『みんなやわらかい』（一九九九・一〇、大日本図書）、『クレーの天使』（二〇〇〇・一〇、講談社）などの重要な作品を刊行している。そして、中でも触発・接続という観点から注目されるのは、一九九五年に相次いで出版された『モーツァルトを聴く人』および『クレーの絵本』と、『クレーの絵本』の続編として二〇〇〇年に発表された『クレーの天使』である。初期から谷川詩の中に濃厚に見られる沈黙への志向が、決して事実上の沈黙ではないのと同様に、谷川自身における「沈黙の十年」もまた、実際の沈黙の時期などではない。むしろ、これらの作品は豊饒な成果と見るべきである。そのことを実証するために、まず、『モーツァルトを聴く人』と『クレーの絵本』を概観してみよう。

既に『コカコーラ・レッスン』(一九八〇・一〇、思潮社)や『日本語のカタログ』(一九八四・一一、思潮社)あるいは『詩めくり』(一九八四・一二、マドラ出版)などの詩集でも実証されていたように、谷川は詩そのものと同時に、詩集の形状についても様々な試みを行ってきた。詩集『モーツァルトを聴く人』には二つのヴァージョンがあり、一つは詩集の書籍のみ、もう一つはモーツァルトおよびベートーヴェンの楽曲と、谷川自身による詩の朗読が収録された音楽CDが窓空きの函にセットになっている。[2] 音楽CDに収められたのは、一九編から成るこの詩集から、収録作品の相当の部分となる一二編の詩の朗読であり、モーツァルトはよく知られたピアノ・ソナタ第一一番イ長調K三三一「トルコ行進曲つき」第一楽章(主題)以下の九曲、ベートーヴェンは弦楽四重奏曲第一三番変ロ長調作品一三〇第五楽章「カヴァティーナ」で、詩「このカヴァティーナを」に因んだ曲の一曲、計一〇曲である。この詩集の詩の内容と朗読、そして音楽との取り合わせは巧みであり、総じてこの詩集は完成度の高い作品となっている。

なお、この詩集のカバー、扉、および本文中の挿画五点、さらにＣＤのジャケットを兼ねた解説書の表紙は、すべてパウル・クレーの作品から採られている。詩集カバーは「肥沃な国の境界に立つ記念碑」（Monument an der Grenze des Fruchtlandes, 1929）であり、挿画はヴァイオリンなど、音楽にまつわる素描から採られている。附属ＣＤの解説書の冒頭に収められたエッセー「とらえ難い一瞬」において谷川は、「音楽を聴きながら言葉を書くことは私には出来ません。しかし音楽がインスピレーションのように働いて、私に言葉を与えてくれることは珍しくありません」と、また「モーツァルトの作品が多いのは、モーツァルトを好んで聴くことが理由であるとともに、彼のうちに私が音楽のもっとも深い魔力を感じ続けているからです」とも述べている。

さらにこの詩集の「あとがき」においては、「音楽は昔から私にとってなくてはならぬものだった」こと、「ここに収めた作のほとんどは、前集『世間知ラズ』（思潮社・一九九三）と平行して書いていたものである」こと、自分にとっては、詩と音楽と自分という人間に対する疑問が「結びついている」ため、「本集と前集は兄弟分みたいなものだろうと思う」こと、さらに「ＣＤに収められた曲には、詩と直接に関わっているものもあれば、そうでないものもあって、それらが私の聴いて感動した音楽のすべてではないこと」、「私はただ自分が感じたものを、読者と頒ち合いたいと思ったに過ぎない」ことなどについて語っている。「それとももう手遅れなのか／ぼくは詩人でしかないのか三十年あまり昔のあの朝からずっと／無疵(むきず)で」と閉じられる巻頭の詩「そよかぜ　墓場　ダルシマー」を読むと、その基調が「行分けだけを頼りにかきつづけて四十年／おまえはいったい誰なんだと問われたら詩人と答えるのがいちばん安心／というのも妙なものだ」とうたう詩「世間知ラズ」と確かに近いところにあることが確認できる。すなわち、どちらも自らが詩人であることの意味に対する自問を含む。

ところで、同じ一九九五年に谷川は『クレーの絵本』を刊行した。この本は、絵と詩とを組み合わせた「アートルピナス」シリーズの一冊であり、他にこのシリーズから、田村隆一の『ロートレックストーリー』、与謝野晶子の『夢想　ミュシャ小画集』、立原えりか編『夢みたものは…　立原道造詩画』などが出ている。なぜクレーなのか。『クレーの絵本』のあとがきである「魂の住む絵」は、それについて詳しく述べている。四段落のうち最初の段落ではクレーの絵の本質について、「言葉で彼の絵をなぞることは出来ないと私たちは思う」と語り、第二段落では、「若いころから私は彼の絵にうながされて詩を書いてきた。ちょうどモーツァルトの音楽にうながされてそうしてきたように」と、クレーと自分との関わりがモーツァルトとのそれと同じく深いものであることを語っている。しかし、よく読むとこの第一と第二の段落は、一見矛盾したことを述べている。「言葉で彼の絵をなぞることは出来ない」にもかかわらず、「彼の絵にうながされて詩を書いてきた」とは一体どのような事態なのか。「なぞる」ではなく「うながされて」書くとはどのような営為なのか。この問題は、触発という、第二次テクストの縁辺に位置づけられるところの、創造と表現に関する現象に関わる問題となる。

このあとがきの第三段落で、かつて「ある出版社でクレーを絵本にする企画がもちあがった」こと、第四段落では、それが「今回初期作もふくめた新しい形で初めて実現した」ことが明らかにされている。詩集『夜中に台所でぼくはきみに話しかけたかった』（一九七五・九、青土社）には、連作「ポール・クレーの絵による『絵本』のために」が収録されており、これは「《雪の降る前》1929」から「《黄金の魚》1923」に至る一一編のパウル・クレーの絵のタイトルを題名に採った詩によって構成されていた。『クレーの絵本』収録作品は、この一一編のほか、巻頭の「愛」が詩集『愛について』（一九五五・一〇、東京創元社）より、また中間に挿まれた「在るもの」と「線」は、全詩集『谷川俊太郎詩集』（一九六五・一、思潮社）に「未刊詩篇」として収録され、この全詩集の「後記」によると「一九六一から六四」に書かれたとされる。[3] この三編は、初出ではそれぞれ「愛」は「*Paul Klee* に」、後の二つは「クレーに寄す」と題名の後に献辞が呈されていたが、『クレーの絵本』では、いずれも「*Paul Klee* に」と詩の上部に横書きで入れられた。[4]

以上のことから、『クレーの絵本』あとがきに、「この本に収められた作のもっとも古いものは、私がまだ二十代の初めのころに書かれた」と記された通り、「愛」は『二十億光年の孤独』『六十二のソネット』に続く第三詩集『愛について』にまで遡る。ただし、一四編のうち一一編を占める大半の作品については、詩集『夜中に台所でぼくはきみに話しかけたかった』の問題としても考えなければならない。ちなみに、この詩集に挿入されたクレーの絵の図版は、詩にタイトルが採られた一一編を含め、全部で四〇葉に及ぶ。

ここまでの趣旨をまとめると、谷川の詩的な創作歴において、ある意味、狂騒の時代であった一九七〇年代後半から八〇年代における前衛的な詩集の後、甘美な恋愛詩を含む『魂のいちばんおいしいところ』(一九九〇・一二、サンリオ)から『世間知ラズ』に至り、表向き父の死を契機として詩人としての自己の見直しが介在したものと思われる。そしてそのような自己凝視と、それ以前に開発された触発の手法とが合体していった所産として、『モーツァルトを聴く人』と『クレーの絵本』という瀟洒な二冊の詩集が作られたのではないだろうか。

むしろそのような観点からは、『モーツァルトを聴く人』が重視されなければならないだろう。なぜならば、『モーツァルトを聴く人』は『世間知ラズ』と同時期に書かれた詩を収めることから、文字通り一九九〇年前後における所産として理解できるのに対して、『クレーの絵本』の詩はすべて過去に遡り、リアルタイムの意味で同時代性を滲ませるものではないからである。とはいえ、『クレーの絵本』についても、出版時から二〇年前、一部は四〇年前の自作を復活させ、自己引用し、詩と詩、詩と絵とを組み合わせたモンタージュ作品であるという意味で極めて興味深いものである。ここには新作の詩は一編も含まれていないが、それでいて、芸術品として一級のものに仕立てている。このように、『クレーの絵本』は、一九五五年から九五年までの実に四〇年間をかけて作られた所産と呼ぶほかにない。

2 『クレーの天使』概観

しかし、二〇〇〇年に同じ講談社の「ルピナス」シリーズの一冊として、さらに『クレーの天使』が上梓されるに至って、事態にはいっそうの捻りが加わった。クレーの絵、特に晩年の一九三九年に多く描かれた線描画の天使シリーズと、それにつけられた詩から成るこの詩集は、ある意味で谷川俊太郎の詩の頂点をなすものである。そのある意味とはどのような意味なのかを問うのが、本章および次章の趣意である。

あとがきの「天使という生きもの」に、「前作『クレーの絵本』に続くかたちで、今回はクレーの描いた天使たちを主題にしてこれらの短詩を書いてみた」とあることから、『クレーの天使』は『クレーの絵本』の続編であると言ってよいだろう。ただし、クレーの四五作品の図版とともに収録された一八編の詩は、すべて新作の詩であり、旧作のパッチワークであった『クレーの絵本』とその点は異なる。[5] 彩色画である「天使、まだ手探りしている」(Engel, noch tastend, 1939)と「哀れな天使」(armer Engel, 1939)、黒地に白のペン画である「用心深い天使」(wachsamer Engel, 1939)の三点を除けば、詩がつけられた残る一五編のクレーの作品は、すべて白地に黒の線描画であり、その多くは細い線で描かれている。すべての詩は、漢字なども含む題名と、ごくわずかなカタカナで書かれた外来語を除けば、ひらがなで書かれたひらがな詩である。白地の線描画とひらがな詩とのカップリングが、少なくとも詩集としての『クレーの天使』の基調をなしている(なお、挿画にのみ採られたクレー作品には、彩色画も多く含まれる)。

ここで注意すべきは、『クレーの絵本』に含まれる一一編の『夜中に台所でぼくはきみに話しかけたかった』由来の詩が、すべて同様のひらがな詩であったことである。これまでの章で論じたように、谷川のひらがな詩が系統的に多数書かれるようになるのは、『ことばあそびうた』からである。翻訳や絵本制作との関わりが深い多数のひらがな詩集を発表している谷川の作品の中で、『夜中に台所でぼくはきみに話しかけたかった』の一部をなすに過ぎないクレー連作「ポール・クレーの絵による『絵本』のために」は、量的には片々たるものに過ぎない。しかし、珠玉の詩集『クレーの天使』の基礎を形作った『クレーの絵本』の中核をなし、しかも『クレーの天使』の詩すべてと同じくひらがな詩であり、また一九七三年に本格的に始まったひらがな詩の初期の重要な営為として一九七五年に発表された作品であるという点においても、この連作は軽視できない問題を含んでいるのである。

なぜならば、第一に前衛詩人としての谷川様式の核心にあったアプロプリエーションおよびシミュレーションの要素、すなわち他者・他物・他作品による触発・接続の要素と、第二に谷川の詩の本質的な原初性の徴表として理解できるひらがな表記の要素とが、厳しく切り結んだ場が、この連作、ひいては詩集『クレーの天使』だからである。第一の要素は、一九七〇年代後半から八〇年代にかけて行われた詩的表現の種々相の追求に、また第二の要素は、一九五〇年代の出発期以降、谷川の根底的な問題意識としてあった、沈黙、すなわち言葉による世界把握の不可能性の追求に、遠くその淵源があるものと考えられる。ここでの課題は、その二つの要素の合流・止揚によって成立した詩作品そのものを読み解き、その詩的様式を記述することと、そこに介在したパウル・クレー

（Paul Klee、一八七九～一九四〇）の絵画や芸術思想、およびヴォルフガング・アマデウス・モーツァルト（Wolfgang Amadeus Mozart、一七五六～九一）の音楽とが、どこでどのように関わるのかを明らかにすることである。これらのことからすれば、通読するに容易で口ずさみやすく、見て美しく聴いて心地よいからと言って、『モーツァルトを聴く人』『クレーの絵本』そして『クレーの天使』を論じることは、決して容易とは言えない。

3　展望——谷川、クレー、モーツァルト

一九九五年に相次いで発表された、いわば触発詩集である点において『モーツァルトを聴く人』と『クレーの絵本』には共通の属性がある。また、谷川が音楽愛好家であるとともに、後述の通り、画家クレーも音楽との間に決定的な繋がりを結んでいた。その結果として、谷川におけるクレーとモーツァルトにも必然的に結びつきが生じてくる。しかし、手順としてまずは谷川俊太郎とパウル・クレーに絞ってみる。これまで谷川とクレーの領域について何が言われてきたのだろうか。実際のところ、今回取り上げる詩集群について、研究水準における言及は非常に少ない。

その中で、望月あすかの論考は、この分野に関してほぼ唯一の本格的な研究である。[6] 望月による長編論文は、「第Ⅰ章『クレーの絵本』について」と「第Ⅱ章『クレーの天使』について」の二章から成る。これは、まず『クレーの絵本』『クレーの天使』の概略、クレーがバウハウスでの講義の内

容をまとめた主著である『造形思考』（*Das Bildnerische Denken*, 1956）などに依拠して把握されたクレーの芸術思想の概観を記述している。その上で、『クレーの絵本』所収の谷川の詩と、クレーの芸術思想および所収作品との繋がりを検証し、さらに『クレーの天使』についても、クレーによる天使連作の概要分析、所収作品と線描画との関わり、そしてひらがな詩という表現形式の問題にまで触れた、非常に本格的な論考である。その後に書かれた、シルヴィア・プラス、ジョン・キンセラ、アンヌ・シンプソンらの現代詩人と並べて谷川の作品も論じた岡田和也の論文においても、望月のこの論考が参照されている。[7]

望月の論文は、第I章で、谷川は父・徹三もクレーに造詣が深いことから、早い時期からクレーと接触があったとしている。また、二〇〇一年の鼎談『谷川俊太郎《詩》を語る』における谷川の発言を引用し、『クレーの絵本』の最初の構想が、子ども向け絵本を作るために「編集部から送られてきた絵を見て、というよりは絵の題名に触発されていくつか詩を書き」、というものであったことを紹介する。[8] クレーの有名な言葉として、「芸術は見えるものを再現するのではなく、見えるようにするのである」がある。[9] これは一九二〇年、ベルリンの雑誌『芸術と時代の演壇（トリビューネ）』に掲載されたクレー「線描芸術（グラーフィック）について――創造的信条告白」（“Schöpferische Konfession”, 1920）の冒頭の一文であり、後に『造形思考』の第一編「造形論の概念」の第一〇章に組み込まれたものである。[10] 望月は『造形思考』の論旨から、「つまり、クレーは芸術家として目に見えない『彼岸（宇宙的）』の領域を、自らの絵を通じて『見えるようにすること』を目指したのである」と要約する。そして、『クレーの絵本』所収の詩「愛」および「線」の読解から、「谷川はここで『世界』が『もつれたまま』途切れず、『どこまでもむすばれている』ものであるという自らの世界観を語っているのだ。実は、このような『すべてがつながっている』という考え方は、クレーの方法論に通じている」と論じる。また、この言葉にならないものを、詩「在るもの」に出てくる語を用いて「魂」と言い換え、それがあとがきの題名とされた「魂の住む絵」としてクレーを見る見方に繋がるものとする。

続いて望月は『クレーの絵本』中の「黄色い鳥のいる風景」(Landschaft mit gelben Vögeln, 1923)の絵と詩について、美術全集の解説による鑑賞文と谷川の詩とが「まったく違っている」ことを明らかにし、『造形思考』に見る絵画空間の組成に関する構造論と世界観に触れ、「谷川の詩は、言ってみれば、クレーの絵の内部にあるそのような本質を把握したうえで、いわばその骨格だけを『……があるから……がある』という強い因果律の表現で示していることになる」と分析する。そこから、「魂の住む絵」を引用しつつ、「つまり、『言葉になる以前のイメージ、あるいは言葉によってではなく、イメージによって秩序を与えられた世界』を見つめ、そこからクレーが線を取り出し表現したのと同じように、言葉より奥深くのものを、谷川は詩によって表現しようとしたのだと言える」と導く。また、「ケトルドラム奏者」(Der Paukenspieler, 1940)を例に採り、「題名と絵のイメージとの両方を鑑賞して書かれた詩」と推測し、その内容は『造形思考』の「静力学的な範疇」に属するものと見なし、特に題名を介して二人の芸術が世界を共有することに触れている。

次いで望月は論文の第Ⅱ章において、クレーの天使シリーズの成り立ちに触れ、「天使の絵を描いているにもかかわらず、クレーの絵は宗教画ではないのである」と明確に指摘している。それを『クレーの天使』のあとがき「天使という生きもの」の言葉により、クレーの描く天使は「人間的」であるとする。イングリッド・リーデルによるクレーの天使画研究を参照し、[11] また『造形思考』にいう「此岸（地上的・人間的）―彼岸（宇宙的）」の対概念に結びつけて、此岸と彼岸との間で「まさに『変容する』途中の天使がクレーの天使なのだ」と言う。さらに『造形思考』を援用して、「『純粋な根本の表現』を目指したからこそ、クレーはもっともシンプルな技法である線描画にこだわったのである」とし、その「幼児性」「原始性」がクレーの天使画に現れているとする。そして、あの「魂」への指向こそそのような「原始性への指向」なのであり、それが「谷川という詩人の生理」にも共通し、「画家のクレーが線であらわそうとしたのに対し、詩人である谷川は平仮名で、そこへ向かおうとした」として、ひらがな詩の問題にも論及する。こうして望月は、「クレーの絵に『魂』が住んでいるのだとすれば、谷川の詩にも同じように『魂』が住んでいるのだと言えよう。詩画集のなかで、ジャンルの違う双方は題名だけでなく、根源的な共通性――つまりは、『魂』――で、しっかりとつながれている」と結ぶのである。

この望月の論は、傑出した研究である。これを基礎とし、批判的に継承して、次の段階へ進んでみよう。第一に、既に見たように『クレーの絵本』『クレーの天使』は、それらだけが独立して出現した営為ではない。それは、アプロプリエーションおよびシミュレーションの流れを汲む、触発の方法の帰結と見ることができる。従って、谷川の発言として望月が注目した題名からの触発なども、その観点から見る必要がある。また、ひらがな詩の手法も、決して谷川とクレーとの対峙の中から直接に出てきたものではなく、一九七〇年代より培われてきた、谷川による触発の一契機としての翻訳と、ノンセンス詩の試みにも接続して考えなければならない。

第二に、『クレーの絵本』の成立が、望月が先駆的に検証しているように、既に見た二〇年から四〇年に亙る歳月の中で完成を迎えた作業であったことは確かである。しかし、それが詩集『モーツァルトを聴く人』と相前後して発表されたこともまた、偶然ではないと言わなければならない。それぞれ、音楽と詩との組み合わせと、絵画と詩との組み合わせを行った二つの詩集が、同じ年に発表されたのである。このことは、右に第一の流れと見なしたその流れの中に浮かぶ二艘または三艘の船として、これらの詩集をとらえる契機となる。

第三に、この第二のポイントと深く関わる事柄として、詩・音楽・絵画との間の連絡を問題にしなければならない。パウル・クレーの父ハンスは音楽の教授、母イーダは声楽家であり、パウル自身もヴァイオリンをよくし、自ら楽団で演奏し、彼の若き日の日記には、美術以上に音楽会の記事が豊富に綴られている[◉12]。クレーはバッハやモーツァルト、ひいては同時代の新音楽も含め、音楽に関して幅広い教養を培っていた。バウハウスでの講義録『造形思考』にも、音楽論の濃厚な投影が認められる。一方、前述の通り、『クレーの絵本』のあとがき「魂の住む絵」で、谷川はことさらモーツァルトの名前を挙げている。谷川の詩および詩論と、音楽特にモーツァルトとの関わりも視野に入る。第二のポイントとも絡めて、これらのことは見過ごせないモメントとなる。

ちなみに、谷川は音楽に造詣が深く、モーツァルトのほか、ベートーヴェンやバッハなどの名前が詩に登場し、友人には武満徹がいた。エッセーや、詩やエッセーのアンソロジーにも音楽関係の作品が多数収められている。[13] モーツァルト以外で、谷川が強く傾倒したのはベートーヴェンであろう。『愛のパンセ』(一九五七・九、実業之日本社)にはエッセー「ベートーヴェン」が収録され、谷川徹三はこれに触れて、「私は俊太郎が青年のころベートーヴェンに熱中し、毎日のようにベートーヴェンのレコードをかけていたことを思い出し」たと書いている。[14]

そして第四に、その『造形思考』およびクレーと谷川の芸術様式、特にその現代芸術としての様式についてである。『造形思考』は、驚嘆すべき先端的な構造主義の書物である。そこでは「フォルム」(形態)と呼ばれる要素を組み合わせ、それを時間的・空間的な静力学と動力学のダイナミズムを駆使して造形することによって、偶然的な要素を調和させ、実在的な生命を実現するプロセスとして、芸術創造の理論が語られている。これについて克明に分析した前田富士男は、ゲーテの形態論との関わりをも視野に、フォルム、コンポジション、コンストラクションなどの術語を解明している。[15] たとえば、そこで前田がロマーン・ヤーコブソンの換喩と隠喩の記号学を引き合いに出しているように、[16] 一九二一年から三一年にバウハウスで講義された『造形思考』の内容は、同時代のフォルマリズムや記号学の展開との親近性が高い。さらに、フォルムの組み合わせや、一種のプログラミングによって作品を造形する手法は、同時代の十二音音楽から後代におけるピエール・ブーレーズらのミュジック・セリエルにも通じるものがある。実際、ブーレーズはクレーに心酔し、タイトルをクレーの作品から借用した *Le pays fertile*（肥沃な国）と題するクレー論を書いていた。そこでは、「遠近法に関するクレーの講義のおかげで、私は、シェーンベルクやドビュッシーのスコアの中に、ただしひたすら音楽的な観点からだけ漠然と理解していた問題を解き明かすことができた」と述べるほどである。[17] すなわち、『造形思考』などクレーの芸術論は、美術にとどまらず、まさしく現代芸術の理論としての側面から見る必要がある。そしてこれこそが、谷川の詩を現代芸術として評価する際の示唆とならなければならない。

そのことは第五に、望月の結論が、「魂」という、人の口に上りやすいものの、その実態を把握することの容易ではない本質に行き着いたこととも関連する。望月はこの二人の芸術家に共通するものについて、「谷川に倣って、それを『魂』という語であらわしてきたものの、それが何かと問われると、明白な答えは未だに出せない。名づけられる前の存在、本質、原始的なもの、純粋なエネルギーの塊……言い換えられる言葉は多々あるが、明確な枠に閉じ込めることはできない」と論じている。さて、「魂」とは何だろうか。望月のこの結論は、多義的な反面、あながち否定もできない。これまでの論点を総合するならば、いかにクレーと谷川の営為が「魂」に肉迫するものに見えようとも、構造主義の書『造形思考』を著したクレーにかんがみれば、あくまでもそれを、まずは技術あるいはフォルムの面から解明しなくてはなるまい。

ちなみに、「魂に行く傾向」は、近代から現代への芸術の転回点でその橋渡しを試み、そして躓いた作家・有島武郎のモットーであった。この言葉は、「草の葉（ホイットマンに関する考察）」（『白樺』

一九一三・七）に現れる。有島の場合、これは印象派からポスト印象派、さらにそれ以後の現代芸術総体の理想を指し示す言葉であった。生命に基づいた主観主義と、自己一元の境地を理想とした有島が、特にその現代における最高の達成として評価しようとしたのは、『惜みなく愛は奪ふ』（一九二〇・六、叢文閣）で論じられた未来派の美術であった。この評論が、まさに一九二〇年に発表されていることに注目しよう。有島は一八七八年の生まれで、パウル・クレーの生誕はその翌年である。有島とクレーとは、完全な同時代人であったのだ。しかし、有島自身はこの様式を十分に実践に移すことはできず、「宣言一つ」（『改造』一九二二・一）の自己批判の後、一九二三年にこの世を去る。有島に一九三〇年代は到来しなかったのである。有島の構想は、なぜ不十分だったのだろうか。それは有島が、「魂」は純粋な主観でも自己でもなく、常に既に他者と接続されてある雑多な存在であることを、理論としては理解しながら、すなわち愛は他者から奪われるものであると理解しながら、初期から培った主観主義の軛（くびき）を外すことができなかったためである。「宣言一つ」の階級論的な自己批判も、個人の階級移行を否定する点において、この発想を踏襲している。[18]

シミュレーショニズムや流用アート、そしてそれらと関わりの深い触発とは、自己を他者と、主観を客観と接続する方法の一つである。これはまた、フォルムによって造形されるべき作品を、他者・外部の偶然的要素に曝し、緊密な一体性を打ち破る行為でもある。竹内敏雄は、『現代藝術の美學』において、その主著である『アリストテレスの藝術理論』でも問題とした偶然（テュケー）の要素を、現代芸術の本質としてとらえようとした。[19] アレクサンダー・カルダーのモビールや、ジョン・

ケージのチャンス・オペレーションについて、それらは芸術を偶然と接続する芸術であり、結局は自然美または現実の、芸術への再導入にほかならないと論じたのである。[20]偶然が自然美や現実そのものと言えるかどうかは議論の余地があるが、これはたとえばジャック・アタリが、音楽の歴史は楽音と雑音の境界線の変更の歴史であり、現代音楽は楽音に雑音をどこまで再導入するかによって規定されると論じたことを想起させる。[21]「魂」という言葉を用いるならば、触発とは、自己の「魂」を他者の「魂」に接続することであり、自己の「魂」の中に偶然と雑音を導入することにほかならない。そして、望月が重視した「すべてがつながっている」という視点の横溢した『クレーの絵本』に対して、むしろ断絶と死とが前面に出て来る『クレーの天使』の方において、この性質はより強く現れているように見える。

既に論じたように、『夜中に台所でぼくはきみに話しかけたかった』というタイトルには、「何を」が欠けている。これは、何を話しかけるのかそのメッセージを志向するのではない、メッセージを欠いた、話しかけることによって人と人との接触を実現するコンタクト志向の詩としての、谷川の様式を暗示する事柄である。まさにその詩集『夜中に台所でぼくはきみに話しかけたかった』に含まれる連作「ポール・クレーの絵による『絵本』のために」一一編を中核として編まれた『クレーの絵本』が、望月のいう「すべてがつながっている」とする傾向に満ちているのは自然である。しかし、時期的には詩集『夜中に台所でぼくはきみに話しかけたかった』以降に展開した、サンプリング、流用アート、そしてひらがな詩への強烈な触発を根底とする詩作にドッキングされ、止揚されたところに成立したのが『クレーの天使』であると考えられる。そしてそのような意味においては、『クレーの天使』こそ、谷川俊太郎の到達点の一つと言えるのである。

第5章　ひらがなの天使（下）谷川俊太郎におけるクレーとモーツァルト

1　対位法

本章では、前章の概説を踏まえ、谷川俊太郎におけるクレーとモーツァルトによる触発の様式を実際に検討する。初めに、『クレーの絵本』より、「*Paul Klee* に」と献辞の冠された巻頭の詩「愛」を読んでみよう。

いつまでも
そんなにいつまでも
むすばれているのだどこまでも
そんなにどこまでもむすばれているのだ

弱いもののために
愛し合いながらもたちきられているもの
ひとりで生きているもののために
いつまでも
そんなにいつまでも終らない歌が要るのだ
天と地とをあらそわせぬために
たちきられたものをもとのつながりに戻すため
ひとりの心をひとびとの心に
塹壕(ざんごう)を古い村々に
［……］
樹がきこりと
少女が血と
窓が恋と
歌がもうひとつの歌と
あらそうことのないように
生きるのに不要なもののひとつもないように
そんなに豊かに

そんなにいつまでもひろがってゆくイマージュがある
世界に自らを真似させようと
やさしい目差でさし招くイマージュがある

（「愛」）

この詩において印象的なのは、第一にその広い意味での音楽性である。最初の四行の間に、「いつまでも」「そんなに」「むすばれている」「どこまでも」の四つの言葉が、少しずつ位置を変えながら反復されている。各行は字数・語数を少しずつ増やし、それによって言葉の強さは累加される。三行目には倒置法があり、そのために最初の三行は「までも」の脚韻を踏む。一種のカノン、フーガのように反復し、四行の間でクレッシェンドして序奏が終わり、五行目からは、それよりはやや緩やかだが、顕著な言葉の波が感じられる。すなわち、詩の全体で「弱いもののために」「ひとりで生きているもののために」などの「ために」「ため」が六回、「ひとりの心をひとびとの心に」「塹壕（ざんごう）を古い村々に」などの、「何々を何々に」の目的語と補語の列挙が六回、「まるで自ら終ろうとしているように」「まるで自ら全いものになろうとするように」などの直喩表現が三回、「たちきられているものはひとつもないように」など目的を示す「ように」が四回、「いつまでも」と「どこまでも」がそれぞれ六回と五回、「そんなに」が同じく七回反復される。また「天と地とをあらそわせぬために」は、後に「樹がきこりと／少女が血と」のように敷衍されて「あらそうことのないように」と、変形されてやはり反復される。そして結末では、「イマージュがある」が二回反復されて終幕を迎える。

谷川自身はこの作品について、エッセー「リズムについての断片」において、「私にこの詩を書かせたのは、クレーのある一枚の絵である。そうして、クレーのそのイマージュのリズムが、私を感動させ、私の中にこのようなリズムを呼びおこした」と、また「ここではリズムは、クレー――私――読者の三者をむすぼうとしている」と書いている。[1] 谷川はその後で、短歌の音数律について触れているが、しかしこの詩のリズムとは、音数律ではなく、明らかに反復のリズムである。それは、音楽のフーガやカノンに準えることができる。それらにおいて顕著に認められる技法は対位法（Kontrapunkt）であり、対位法とは、複数の独立した旋律を組み合わせる書法（作曲法）である。[2] カノンは、この複数の旋律において、ある声部（旋律）を他の声部が模倣する形式をいい、それには反行・逆行・拡大・縮小などがある。対位法は、水平方向（楽曲の時間的進行の方向）の旋律的次元において、複数の声部が独自性を保ちつつ動くポリフォニー（Polyphonie）と関係が深い。対位法と和声（Harmonie）は対になる概念とされることもあるが、対立するものではない。一方でポリフォニーは、垂直的次元（音の重なり）において独自性をもつ声部が単独であり、また和声に重点を置くホモフォニー（Homophonie）とは対立する概念である。いずれにしてもこの「愛」という詩は、反復と列挙のリズムを印象づける対位法的、特にポリフォニー的な作品であり、そのような音楽性が、共有されるべき一種の身体感覚として、接続の機能を果たすものと期待されたのである。

ちなみに、「愛」は最初、詩集『愛について』（一九五五・一〇、東京創元社）の第二部である「II

地」の冒頭に置かれ、この詩集において次の詩は、本書の「序」冒頭に引用した、「*John Cage* に」の献辞のある「音たち」であった。このことも、この詩「愛」が、絵とともに音楽とも繋がりの深いことを窺わせる。そしてこのような反復と列挙によるポリフォニーは、『クレーの絵本』所収作品や、ひいては谷川の詩のかなりの部分において同様に見て取れる。「雪の降る前」(Vor dem Schnee, 1929)、「階段の上の子供」(Kind an der Freitreppe, 1923)、「黒い王様」(Schwarzer Fürst, 1927)、「ケトルドラム奏者」、「黄色い鳥のいる風景」、「選ばれた場所」(Auserwählte Stätte, 1927)など、連作「ポール・クレーの絵による『絵本』のために」由来の作品群は大半がそうである。また、『これはのみのぴこ』(一九七九・一、サンリード)、『みみをすます』(一九八二・六、福音館書店)、『みんなやわらかい』(一九九九・一〇、大日本図書)など、広く普及した児童詩や絵本詩の多くもまた、このような反復と変形による対位法を用いている。子ども向けの詩法解説書である『詩ってなんだろう』(二〇〇一・一〇、筑摩書房)には、「いろはかるた」「あいうえお」「つみあげうた」などの、反復・列挙・重畳・累加を基調とするポリフォニックな詩形式が多く取り上げられている。要するに、言葉による反復の展開において変容を加えていくような、シンプルとも言える詩法が、谷川の詩様式の根幹にある。谷川自身は、大岡信との対談『詩の誕生』において、「ぼくもリフレインを多用するけれど、〔……〕リフレインはことばの韻文性を回復させるひとつの技術として使えるような気がする」と述べている。◉3

ところで、前章で触れたようにクレーは音楽愛好家でもあった。クレーと音楽との関連について

パルナッソスへ（Ad Parnassum）

論じた、アンドリュー・ケーガン、ピエール・ブーレーズ[5]、ハーヨ・デュヒティング[6]の各々の著作において、異口同音に述べられているのは、クレーが目指したいわば対位法の絵画についてである。そのうちケーガンは、『クレーの絵本』でも挿画とされている「パルナッソスへ」（Ad Parnassum, 1932）について、ヨハン・ヨーゼフ・フックスの音楽理論書である『グラドゥス・アド・パルナッスム』（Johann Joseph Fux, *Gradus ad Parnassum*, 1725、「パルナッソスへの階梯」）のほのめかしと見なしており、同じ説はこの作品の解説としてしばしば採られている[7]。なお、フックスの『グラドゥス・アド・パルナッスム』には、坂本良隆による『古典対位法』と題する邦訳がある[8]。ケーガンによれば、「モーツァルト、ハイドン、ベートーヴェンはいずれも、基礎的な対位法の作曲技法をフックスの論文から学んだ」という[9]。モーツァルトは一七八一年から八三年のウィーン滞在中に、バロック音楽の楽譜を収集していたゴットフリート・ヴァン・スヴィーテン男爵のサークルでバッハとヘンデルの音楽に深く接し、フーガをはじめとして対位法・ポリフォニーの理論に基づく作品を多数作曲し、その技法を身に付けた。[10] ケーガンらが論じているように、対位法、ことにポリフォニーの理論は、クレーによって音楽理論から絵画理論へと導入された。一九一七年七月一三日付けのクレーの日記には、時間的な要素を消去し、同時性を確保するために「音楽でのポリフォニーは、この要求にある程度応えることができた」として、「モーツァルトとバッハは、一九世紀の音楽よりも近代的だ」と書いている。[11] さらにその後で、「ポリフォニー的絵画は、時間的なものがここではむしろ空間的となるという点で、音楽に勝っている」とまで述べるのである。[12]

　またバウハウスにおける講義をまとめた主著『造形思考』においても、その傾向は明らかである。『造形思考』の第二章「造形フォルム論によせて」の「5　構造的な形成、個体的（インディヴィドゥエル）な性格と分割可能（ディヴィドゥエル）な性格／造形過程としての長さの単位と重さの計量／時間単位と長さの単位」（一九二二年一月二六日）において、クレーはまずチェスの盤面や数学の行列式に準えて絵画の構造を説明する。また「人工的なリズム」の節で、クレーは二拍子、三拍子などのリズムを線描を中心とする絵に変換し、その後で、「さて、わたしはこれらを基礎にして、主題のある音楽作品を、単声またはポリフォニーのものを、造形的に表現しようと試みることができる」として、バッハの三声の曲を図表の形で示している。[13] それは一種のダイヤグラムのようにも見える。ケーガンはこれらのことを指摘し、また形態のみならず色彩についても対位法に頼ったことにも触れている。すなわち、クレーについて、「彼は『しだいに強く（クレッシェンド）――しだいに弱く（デクレッシェンド）』なる色彩『主題』を別の『声部』につぎつぎと繰り返すことによって、そこにカノン的な構造ないしパターンを生み出した」というのである。[14]
ケーガンと並んでデュヒティングもまた、クレーの技法を「ポリフォニーの絵画」と呼ぶ。[15] 実際、クレーの作品には、『クレーの天使』の表紙に採られたその名も「ポリフォニー」（Polyphonie, 1932）や、それ以外にも「ポリフォニーに囲まれた白」（polyphon gefasstes Weiß, 1930）その他、題名に「ポリフォニー」や、「バッハの様式で」（Im Bach'schen Stil, 1919）、「赤のフーガ」（Fuge in Rot, 1921）など、音楽関係の言葉を含むものがある。また、前掲の「パルナッソスへ」は作品「ポリフォニー」と同工の技法によっている。[16]『クレーの絵本』でも谷川が詩を寄せている「ケトルドラム奏者」のほか、楽器や音楽家を描いた作品も多い。谷川の『モーツァルトを聴く人』のカバーや挿画が、すべてクレーの音楽関係の作品で占められているのも不自然ではない。ちなみに、クレーは一九三一年にデュッセルドルフ美術学校に勤めた頃、このポリフォニーの手法を本格的に開発したが、その中には、一連をなす「天使の保護」（Engelshut, 1931）の作品群のように、天使の題材をポリフォニックに描いたものも含まれている。[17] そしてまた、作品「愛」において谷川の言う「リズム」が、このようなクレーによるポリフォニーの絵画と響き合うとすると、一九五五年の段階で、谷川とクレーとの出会いは、絵画を介した、音楽と音楽性の領域において行われていたと意味づけることができる。

2　ジャンル間パスティーシュ

前章でも触れたように、詩集『モーツァルトを聴く人』の「あとがき」には、「音楽は昔から私にとってなくてはならぬものだった」が、ただし「二十代ですでに私は音楽に淫することをみずから戒めていた」と述べられている。また、「ここに収めた作のほとんどは、前集『世間知ラズ』(思潮社・一九九三)と平行して書いていたものである。音楽に憧れながら詩を書いてきた私には、詩に対する疑問と音楽に対する疑問が、そのまま自分という人間に対する疑問に結びついている。その点で本集と前集は兄弟分みたいなものだろうと思う」とも説明する。ここに述べられたように、一九九五年のこの詩集は、その二年前に刊行された『世間知ラズ』と内容上の共通点が多く、またタイトルの通り、モーツァルトを中心とする音楽への言及がほぼ全編に見られる。たとえば、「どけよ猫」には、歌劇『魔笛』からパミーナとパパゲーノの名前が、モーツァルトゆかりの「ザルツブルグ散歩」ではモーツァルテウム(音楽院に由来する大学)の名が登場し、「ふたつのロンド」では「ロンド　ニ長調　K.485」と「ロンド　イ長調　K.511」が、また「アリゾナのモーツァルト」では『ドン・ジョバンニ』からツェルリーナのアリアが引用される。モーツァルトのほかにも、この詩ではクライスラーにも触れられ、「ラモーが小鳥の羽ばたきと囀りを聞いて」と題する詩もあり、また「TGV à Marseille」ではハイドンが出てくる。「このカヴァティーナを」のカヴァティーナは、「そして楽器はヴァイオリンとヴィオラとチェロ」とされるため、附属CDでこの詩の朗読の後に挿入されたベートーヴェンの弦楽四重奏曲第一三番第五楽章の「カヴァティーナ」だろう。しかし、この詩集と音楽との関わりは、単に詩の話題として音楽が導入されていることに止まるものではない。

巻頭に置かれた「そよかぜ　墓場　ダルシマー」はその意味で序の性質を持つ。

騒がしい友達が帰った夜おそく食卓の上で何か書こうとして
三十年あまり昔のある朝のことを思い出した
違う家の違うテーブルでやはりぼくは「何か」を書いていた
夏の間に知り合った女に宛てた「別れ」という題のそれは
未練がましい手紙のようにいつまで書いてもきりがなかった
[……]
だがいまだにこんなふうにして「何か」を書いていいのだろうか
ぼくはマルクスもドストエフスキーも読まずに
モーツァルトを聴きながら年をとった
ぼくには人の苦しみに共感する能力が欠けていた
一所懸命生きて自分勝手に幸福だった

ぼくはよく話しよく笑ったけれどほんとうは静かなものを愛した
そよかぜ　墓場　ダルシマー　ほほえみ　白い紙
いつかこの世から消え失せる自分……

だが沈黙と隣合わせの詩とアンダンテだけを信じていていいのだろうか
日常の散文と劇にひそむ荒々しい欲望と情熱の騒々しさに気圧されて

それとももう手遅れなのか
ぼくは詩人でしかないのか三十年あまり昔のあの朝からずっと
無疵で

（「そよかぜ　墓場　ダルシマー」）

ダルシマーはヨーロッパにおけるツィター型楽器の総称で、板に張ったたくさんの弦を撥で叩いてトレモロ奏法で演奏する。ツィンバロムなどとも呼ばれ、ハープシコード、ピアノなどの前身とされる。「三十年あまり昔のある朝」に書いていた「何か」、それは「女に宛てた『別れ』」の言葉であった。それを今、思い出した「ぼく」は、今も同じように「『何か』を書いていていいのだろうか」と自問する。既に見たように、この詩の基調は、詩集『世間知ラズ』のタイトル詩に、「行分けだけを頼りにかきつづけて四十年」「私はただかっこいい言葉の蝶々を追っかけただけの／世間知らずの子ども／その三つ児の魂は／人を傷つけたことにも気づかぬほど無邪気なまま／百へとむかう」とあることに通じる。「詩は／滑稽だ」と語る「世間知ラズ」は、一種の自己批判の色が濃いが、ただしそれでもそれがほかならぬ詩として語られるのと同じく、こちらの詩にもおいても、「それともう手遅れなのか」と自問しつつも、その自問は詩によってなされている。「白い紙」は、詩が書かれるためにある。

ここでモーツァルトはどのような位置づけにあるのか。「ぼくはよく話しよく笑ったけれどほんとうは静かなものを愛した／そよかぜ 墓場 ダルシマー ほほえみ 白い紙／いつかこの世から消え失せる自分……」、それらの自分の愛したものと同列であるか、またはそれらのあり方を「ぼく」に教えてくれるのがモーツァルトである。そのことは「沈黙と隣合わせの詩とアンダンテ」という一節からも分かる。「詩とアンダンテ」、つまり詩とモーツァルトの曲、ひいては音楽は、「沈黙」と表裏をなし、そのことによって「ぼく」にとっては本質的なものなのである。ここで「ダルシマー」は、モーツァルト、さらにこのような性質を共有するモーツァルト的な音楽全般のメタファーとなっている。そしてそれは、「そよかぜ」「墓場」「ほほえみ」「白い紙」などと、この本質的な沈黙の側にある世界の構成物として、メトニミー的な相互関係を緩やかに構築している。このような発語の様態は、これまでも論じてきた、谷川の詩における沈黙の意味と、物や人などの事象の間における存在の意味に深く通じるものである。すなわち、この詩において、モーツァルトは「ぼく」にとっての詩の本質と繋がるものであり、またそのような本質を大義として自分が存在することへの、倫理的な問いかけをも裏付けるものとして導入されているのである。

またこのことから、現代芸術におけるアプロプリエーションやシミュレーションと並列すべき手法としての、谷川の詩における触発による創造（creation by incitement / creation by contact）という現象について推論できる。「ぼくはマルクスもドストエフスキーも読まずに／モーツァルトを聴きながら年をとった」とは、自分は思想的な影響ではなく感性的な陶冶によって成長し、その感性を汲み取った泉がモーツァルトであったということである。この、感性を汲む行為が触発である。触発は、他のテクストに言及し、それと重ねて自らのテクストを構築するテクスト操作であり、第二次テクスト形成の一手法と言える。しかし触発は、一般にアダプテーション（翻案・改作）と呼ばれる、原作を持つ作品制作のように、外形的にテクストの起源を原テクストに置くことはない。ただしそれは、アリュージョン（allusion ＝ほのめかし、間接的言及、引喩）として原テクストを導入し、そうすることによってテクストを複数化させ、それも一種の対位法を構成する。

この詩集の二番目に置かれた「つまりきみは」によってこのことを検証してみる。

モーツァルトの音楽を信じすぎてはいけない
なにかにつけてきみはそう言った
酒に酔って言ったこともあるししらふで言ったこともある
だがぼくにはその意味が分からなかった
ついこの間まで

（「つまりきみは」）

このように開幕するこの詩では、一見、モーツァルトの音楽の重要性・重大さが示されている。この詩には、「ぼく」のほかに、死んだ「きみ」と、かつて「ぼく」と決裂したと思われる「あの女」が登場する。確かに、「モーツァルトは許してくれた」。「だがあの女は一瞬たりともぼくを許さなかった／当然だ」と言うのだから、差し当たりは罪を許すモーツァルトの曲の包容力や浄化作用が示唆されている。しかし、そのような包容力が基盤とされるのではない。現実にはいずれも自分という軛（くびき）から逃れられず、他者を不幸にしてしまう「きみ」や「ぼく」が、そのような包容力を持つモーツァルトの音楽を単純に愛することは許されないと「ぼく」は自認する。それに対して、「きみ」だけが「死ねばもうなんの悔いもなく／モーツァルトを愛せると知っていて」死を選んだのかも知れないと「ぼく」は想定することにより、問題は自己の限界という自己批判にやはり帰ってくることになるのである。ここでも、「モーツァルト」はモーツァルトの作品や様式の換喩あるいは提喩（モーツァルトの曲、あるいはモーツァルト的なものの意）として用いられている。それは、その作品や様式へのアリュージョンとして導入されながらも、その個性の声部と、それとは異なる「ぼく」「きみ」「あの女」にまつわる声部とが、和声や対向など多層的な意味を構成しているのである。

　そして同様の内実は、やや変奏されて、「人を愛することの出来ぬ者もモーツァルトに涙する／もしもそれが幻ならばこの世のすべては夢にすぎない」という二行で結ばれる詩「人を愛することの出来ぬ者も」などにも認められる。この詩集の掉尾を飾るタイトル詩「モーツァルトを聴く人」の最終連は、「モーツァルトを聴く人は立ち上がる／母なる音楽の抱擁から身を振りほどき／答えることの出来る問いを求めて巷へと階段を下りて行く」と終結する。ここにおいて比喩としてのモーツァルトは、至純・純美の理想的境地でありながら、そこに耽溺することは、現実を見失うことに繋がりかねない。この両義性・パラドックスこそが、詩集『モーツァルトを聴く人』全体を緩やかに貫くモチーフにほかならない。そこに感じ取れるのは、詩「モーツァルトを聴く人」の言葉を借りれば、「この世にあるはずがない優しすぎる愛撫」であり、「あらゆるnoを拒むyes」なのである。

以上、反復と列挙を基調とした谷川詩の文体は、構文論軸において言葉を重畳・累加させ、触発・引喩による言葉の重ね合わせは、意味論軸においてテクストを多重化させる。このような仕方で、谷川の詩は対位法として構造化されている。この対位法の導入が、クレーさらにモーツァルトから触発されたものであるとすれば、その触発は、言語、絵画、そして音楽をまたいだ文体模倣（様式模倣）として、一種のジャンル間パスティーシュ（inter-generic pastiche）を行ったものと見なすことができるだろう。

3　ひらがな詩

既に論じたように、ひらがな詩は、言葉を文字記号に返すという意味でのエクリチュール（言語表記）の原初性と、それが発語の根源において発出され、理性でつかみ切れない秩序以前の係争をはらんだ詩でもあるという意味内容における原初性との、これら二つの意味で原初性（primitivity／radicality）を帯びている。この立論を引き継ぎ、ここでは触発との関わりから、ひらがな詩の機能について再考してみよう。
『クレーの絵本』収録の詩において、『夜中に台所でぼくはきみに話しかけたかった』所収「ポール・クレーの絵による『絵本』のために」に由来する一一編の詩はすべてひらがな詩であり、それらはいずれも触発と対位法に彩られている。たとえば「選ばれた場所」は、一九二七年のクレーの作品に寄せた詩である。

そこへゆこうとして
ことばはつまずき
ことばをおいこそうとして
たましいはあえぎ
けれどそのたましいのさきに
かすかなともしびのようなものがみえる
そこへゆこうとして
ゆめはばくはつし
ゆめをつらぬこうとして
くらやみはかがやき
けれどそのくらやみのさきに

選ばれた場所（Auserwählte Stätte）

まだおおきなあなのようなものがみえる　（「選ばれた場所」）

クレーの絵「選ばれた場所」（Auserwählte Stätte）は、コンスタンス・ノベール＝ライザーの解説によれば、クレーが休暇を過ごしたコルシカ島など「実物にかなり忠実なデッサンの線描から出発して、彼は入り組んだ線と、重なり合った面によって、古い町のプロフィールを浮かび上がらせる」と、また「月のなかの入り組んだ構造」が「町のそれと同じ」であることから、月が町から「切り離された断片」に見えると描写されている。[18] この幾何学模様で構成された都市建築と楕円形に縁取られた月が、さらにポリフォニー的に展開すると、見方によっては構図の似た、前述の「パルナッソスへ」に発展するとも言える。それ以上に谷川の詩は、「ことばはつまずき／ことばをおいこそうとして／たましいはあえぎ」のように、次々と目標を先へ進めていくフーガ的反復が顕著である。全体としても、「そこへゆこうとして」から「かすかなともしびのようなものがみえる」までと、「まだおおきなあなのようなものがみえる」までの前後二部構成の反復によったポリフォニック・スタイルを採っている。ちなみに、前章で見たように、詩集あとがきの「魂の住む絵」において、谷川は「それらは主として彼の絵の題名に触発されて出来たものだが」（傍点引用者）と述べていた。しかし、谷川の言に反して、大半の作品は絵そのものとも関連し、それに触発されているとしか思われない。この詩の場合も、「くらやみ」（全体、特に下部の大地にあたる背景）や特に「おおきなあなのようなもの」（いわゆる月）は、明らかに絵の内部にも存在する要素として認められる。

ひらがな詩は、カタカナやまれに漢数字が混じることもあるため、実際は漢数字以外の漢字を排除した仮名表記ということになる。先の章でも試みたように、仮にこの「選ばれた場所」を、適当に漢字ひらがな交じりの文章に書き換えてみよう。すると、まず直観的には、漢字かな交じりの方がはるかに読みやすく感じられるだろう。日本語の初歩の学習を終えた大人はこの表記に慣れているからであり、具体的には、漢字かな交じりによって句読法や文節が明確になり、また漢字の意味が文の理解を容易にするからである。ひらがな詩においては、それらが相当程度、排除されることにより、先に述べた文字記号としての原初性への回帰がなされる。このことも既に論じた通りである。

山田兼士は谷川のひらがな詩について、「和語を大切にしたいという気持と音を重視する谷川詩学のあらわれである」と述べた。[19] 和語は、たとえば「簡」（カン）を語源とすると言われる「紙」（かみ）などのように、外来語（この場合は漢語）も含む場合もある。ただし、この場合の和語とは、ほぼ、漢語・外来語を除いたやまとことばと同一視されているだろう。一方で、たとえば「選ばれた場所」には、「ばくはつ」（爆発）という漢語由来の言葉もある。他の詩を参照しても、「黄色い鳥のいる風景」には「ふうせん」（風船）、「じめん」（地面）、「せかい」（世界）など、「死と炎」には「じぶん」（自分）という言葉も見られ、決して漢語を完全に排除しているわけではない。しかし、確かに少なくともやまとことば由来の語彙がまさっているとは言える。やまとことばは、歴史的・日本語史的な意味でも原初的（primitive）であり、その感覚はひらがな表記によって強調される。もちろん、やまとことばも初めは漢字（万葉仮名）によって書かれたのであり、またカタカナやローマ字で書くこともできるのだから、ひらがなとやまとことばとの結びつきは、必然的なものではない。しかし、現代では子どもが最初に習い覚える最も素朴な文字であるという表記実態の経験則から、ひらがな詩において、発達と形態における原初性が、歴史的な原初性と連合（連想）関係にあると考えられる。

またその原初性は、漢字かな交じり文から見た場合の意味の複数化にも繋がる。漢字かな交じり文に通じた読者は、たとえば「ともしび」は「燈」と書くのか「灯」の字か、あるいは「灯火」と「火」を補って二文字に書くのか、一文字に収めるのかなどのいわば翻訳・変換をして意味をつかもうとする。一方、「ばくはつ」という漢語がひらがなで綴られると、それはふりがなを本筋に格上げしたような印象があり、音が強調されるとともに漢語の意味が相対化される。むしろ、あたかも子どもが難しい言葉を無理に使った時に起こるような、意味への注視を余儀なくされる。これらの記号的な揺らぎが、ひらがな詩には常につきまとう。その結果として谷川のひらがな詩は、いわば一種の得体の知れなさを伴って表出されることになる。ひらがな表記の原初性とその上に積み重なる意味の多層性、記号的な揺らぎは、常に一語を多重化し、一文を多様化させる。そこには、重なり合った声部が聴き取れるのである。ただし、そこに発生するのが協和音なのか不協和音なのかは、多分に解釈に依存すると言わなければならない。

これが『クレーの天使』に至ると、触発の状態はさらに複雑な、または模糊としたものとなる。そもそも、クレーの描いた線描の天使たちそのものが、タイトルと直結する絵にはなっていない。本書の第3章に図版を引用した「泣いている天使」（es weint, 1939）はまだ分かりやすく、確かにこれは泣いているように見える。しかし、天使として見れば、これは翼で体を抱え込んだ姿だろうかと見えてくるが、題名に「天使」と入っていなかったならば、この絵を初めて見せられた人は決してこれが天使だとは言わないだろう。「醜い天使」（hässlicher Engel, 1939）の顔の部分は、ピカソなどの立体主義を思わせるが、醜いかどうかは相対的である。「幼稚園の天使」（Engel im Kindergarten, 1939）になるとどこが幼稚園なのか分からず、「おませな天使」（altkluger Engel, 1939）の絵柄はおませ（altkluger）とは何の関係もない。ただし、そのようなものとして見れば見えないこともない。この「として」見る操作は、これも一種の触発と呼ぶことができる。ただしそれは、触発元の作品と無関係ではないが、触発先の作品がそれとはかなり隔たってもよいという極めて緩い条件付きである。クレーの天使画は、むしろ天使に触発されたクレー独自の絵であ

醜い天使
（hässlicher Engel）

幼稚園の天使
（Engel im Kindergarten）

って、それ自体が既に触発によるものである。従って谷川の詩は、一面においては、いわば触発の触発という形で天使と繋がっているのである。

以上、これらの詩において、触発、ひらがな表記、そして天使は、谷川の詩における対位法的な多重性・多層性の構築において、相互に、そして緩やかに結びついている。

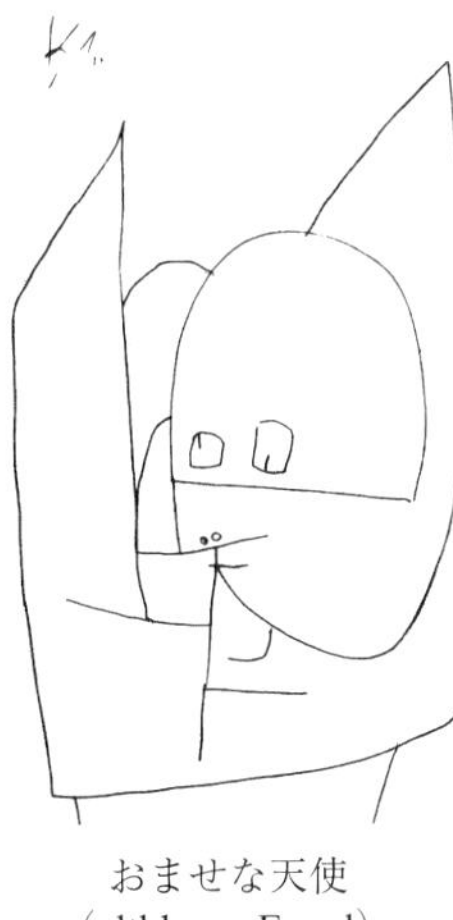

おませな天使
(altkluger Engel)

4 天使

(1) クレーの天使

クレーの天使連作について、諸文献を参照して説明する。一八七九年生まれのクレーは、一九三五年、皮膚硬化症を発病し、一九四〇年に亡くなる。闘病中は、一時は作品制作が激減したが、一九三七年からは制作数を増やし、特に死の前年の一九三九年には一二五三点もの作品を作り、そのうちの九五七点が素描と言われる。なお、クレーの作品の総数は九四〇〇点を越える。[20] パウル・クレーの子息フェリックス・クレーのリストでは、「天使」のグループに分類されるのは四九作であるが、そのうち一九三九年に二九点、四〇年に四点が描かれ、それらの大半は素描である。[21] ちなみに、フェリックスのリストでは、クレーの最初の天使作品は一九一三年のものだが、ボリス・フリーデヴァルトによれば、クレーが初めて描いた天使画は、一八八三年、三歳の時のクリスマスに描いた翼のない天使の絵に遡る。[22] ちなみに、クレーには絵柄が天使シリーズとも似たエイドラ連作の素描もある。エイドラはギリシャ語で「幻」「幽霊」を表し、それらには「かつての音楽家」（weiland Musiker）、「かつての哲学者」（weiland Philosoph）、「かつてのピアニスト」（weiland Pianist）のようなタイトルが付されている。[23] エイドラ・シリーズは一九四〇年に描かれ、この年の一月には父ハンスが九一歳で亡くなり、その後を追うようにパウルが亡くなるのは六月二九日のことであった。

クレーの「天使の年」一九三九年を中心とする天使連作についてまず言うべきは、先に触れたように、これは天使だと示されない限り、天使には見えないということである。新藤真知は、「天使は、人間界と神とをつなぐメッセンジャーであるが、クレーの天使たちは神の御使（みつかい）と呼ぶにはほど遠い。／画家は、鑑賞者が天使という題名に惑わされて、この世の者ならぬ不思議な存在を夢想することを意図したのかもしれない。だが、その卓越した描線がとらえた天使の表情は、どれも飾らない人間の喜怒哀楽を表している。まさにクレーの天使は人間そのものだ。そこには、戦争の時代を生き、不運な境遇を受け入れてもなお、人間を愛すべき存在ととらえていたクレーの想いが託されているようだ」と述べている。[24]

クレーの天使画の本質を「転移の擬人化」（personification of transition）としてとらえたクリスティ

ーネ・ホッフェンガルトも、「クレーの作品は、しばしばその詩や機知、色彩や複雑な線の戯れのために魅惑的なものであるとはいえ、微妙に強調されたアイロニーはしばしばその特殊な内容をとらえどころのないものとする。そのため人間の実存についての普遍的な表明をクレーに求める者は、誰しも一般には失望するだろう。［……］この規則に対して、天使画だけは例外となる。それらにおいて、私たちは我々自身を認識する。なぜなら、それらは『人間的な、あまりに人間的な』を表現するとともに、来世、死後の生への内省への実存的な必要を満足させるものでもあるからだ。それらはその非常な不完全性によって、天上と地上とを共に接近させ、それらを気の合った援助者に変える」と論じている。[25] このように述べるホッフェンガルトにとって、クレーの天使は天使ではなく、いわばその翼を持った形態によってのみその異種性が認識されるような、「人類の突然変異種」（mutations of the human species）なのだ。[26] また、いずれもクレーの専門家である前田富士男と宮下誠との対談において、宮下は「一方向的な制作や解釈からすり抜けつづけた画家なのだから、天使を描いたからといって、肯定的なプラスの要素だけを持っているとは到底考えられない。場合によって善にも悪にもなる、アンビヴァレントな存在のはずです」と述べる。[27]「喜怒哀楽」あるいは「アンビヴァレント」の両義性・多義性がこれらの線描には確実に認められ、同じことはエイドラ連作についても言える。

クレーの天使画に暗黒面が濃厚に現れるのは、一九三三年以降とされる。[28] 岡田温司は、天使の図像学を歴史的に辿り、まずキリスト教の天使はギリシア、ローマのエロス、キューピッドなど異教の神々と結びつき、イエス・キリストその人とも結びつけられたこと、また合唱・器楽など音楽との関わりも深いこと、さらには堕天使という形で悪魔とも同一視されたことを論じている。[29] 岡田によれば近代に至ってこれらの天使のイメージはそれぞれの作家によって、より自由に展開されることになった。岡田はかつてベンヤミンが所蔵した「新しい天使」（Angelus Novus, 1920）を皮切りとして、クレーの作品についても述べている。それによると、それらは「男性と女性の境界はもちろんのこと、天使と悪魔、聖と俗、幼児と大人の境界すらもまた揺らいでいる。彼らはもはや、神聖でもなければ不死の者たちでもない」と見なし、「しかも、それらはたいてい、人間や獣や鳥類、植物や鉱物など、自然界のあらゆるものを組み合わせたような姿をしている。［……］森羅万象がそうであるように、これらクレーの天使たちも、つかの間に生まれては消えていくようなはかない存在である」と、そのエフェメラルな性質を認めている。[30] これは、ホッフェンガルトのいう、トランジション（転移・変異）にも通じるだろう。そして、岡田は谷川の『クレーの天使』より「老いた音楽家が天使のふりをする」を引用し、「谷川俊太郎もまた、音楽をこよなく愛した画家の死のイメージを重ねていたのだろうか」と評している。[31] 難病に取り憑かれ、迫り来る自らの死を否応なく意識せざるを得ない時期に制作された一九三九年におけるクレーの天使は、死の影や、死の世界へのトランジションの位相をそこはかとなく身に纏っている。

クレーの天使画について、ここに引いた美術史の専門家の言葉を越える批評を筆者は持っていない。特に、ホッフェンガルトや岡田の挙げたトランジションや境界の揺らぎは、最終的にこの線描そのもののあえかな両義性・多義性によって実現されている。一方、谷川の『クレーの天使』についても、そのような両義性は顕著に認められる。仮に挿画を全部なくしてこれらクレーの天使画を論じた文章を参照したら、それはあたかも谷川の詩の分析と見紛うものになるだろう。それでは、谷川にあってクレーには明記されていないものは何だろうか。それは、明確には言葉だけに許される否定の契機ではないか。天使に触れたひらがな詩という一見、親しみやすいこれらの詩は、ことのほか、厳しい限界状況を語っているとしか思われない。クレーによる触発の上に谷川が展開したのは、否定と不可能性、それに加えるところの一片の希望の要素である。ただし、それはクレーにおいても、言語的には明示されていないというだけで、決して作品から読み取れないものではない。

(2) ひらがなの天使

そこで、谷川の『クレーの天使』の主な所収詩編を読んでみよう。

①まにあうまだまにあう
とおもっているうちに
まにあわなくなった

ちいさなといにこたえられなかったから

おおきなといにもこたえられなかった
［……］
なにひとつこたえのない
しずけさをつたわってきこえてくる
かすかなすすりなき……

そしてあすがくる

（「泣いている天使」）

②かみさま……とよびかけて
ひとをあいした
［……］
あいされたものは
あいするもののあいをうたがい
びじゅつかんは
かみのにすがたであふれていた

（「醜い天使」）

③ほほえみでつたえることができるとおもった

だまっていても

それができないとしって
なぐった
なんどもなんども
[……]
したにあるものをふみにじり
うえにあるものにあこがれて

いいわるいはしらない

てんしはいつだってめをそらした

④うたがうことばかりしっていて
しんじることをしらなかった

きずつくまいとして

(「用心深い天使」)

あいするものからめをそらし
かぎりないそらをみて
かぜにゆれるきぎをみて
［……］
あたらしくうまれてくるものたちだけが
つかのまてんしのすがたして
みえないつばさではばたき
こころのくらやみをふきちらした

⑤かごめかごめのわのなかに
てんしがいた

おとなになっておもいだしたとき
もうてんしはいなかった
どこにも
［……］
だれがすきか

（「おませな天使」）

なにがきらいかも
わからなくなったとき

あくまがやってきた
ほほえんで

（「幼稚園の天使」）

⑥くりかえすこと
くりかえしくりかえすこと
そこにあらわれてくるものにささえられ
きえさっていくものにいらだって
いきてきた

わすれっぽいてんしがともだち
かれはほほえみながらうらぎり

すぐそよかぜにまぎれてしまううたで
なぐさめる

（「忘れっぽい天使」）

⑦のはらにもうみべにも
まちかどにもへやのなかにも
すきなものがあって

でもしぬほどすきなものは
どこにもなくて

よるをてんしとねむった

⑧なんでもしってるおとななのか
むじゃきなこどもなのか

つばさはどろだらけで

きのうモーツァルトのソナタの
すみっこにいた

（「希望に満ちた天使」）

きょうゆうやけぐものうえに
ちょこんとこしかけていた
おんなでもおとこでもないにおい

（「天使というよりむしろ鳥」）

①「泣いている天使」では、もう決して間に合うことのない決定的な事態の前に、静けさの中で天使のすすりなきだけが聞こえている。天使だけが慰めだったが、もはや取り返しはつかない。けれど、そのような限界状況の中で、「あすがくる」。この明日は、どのようなものか分からない。明日もまた駄目かも知れないが、微かな一片の可能性はあるかも知れず、ないかも知れない。②「醜い天使」では神に呼び掛けるが、神は美術館に似姿の形でいるだけであり、絵に描いた餅であって、要するに神はいない。愛する行為は、神には決して守られず、叫び・囁き・呟きなどの、元々不完全で不可能なコミュニケーションによるほかにない。そこでは、醜い天使のように人はばたばたと愛に向かい、愛はどこまで行っても疑いの対象でしかない。③「用心深い天使」では、コミュニケーションの失調から来る暴走を、さらに過激な形で語っている。微笑んでいれば伝わると思っていたのにそれができず、何度も殴った。弱い者虐めをし、善悪も知らず、天使はそのような様子からいつも目を逸らした。人を愛することは、畢竟できない技なのである。これらのひらがな詩は、その境囲を過不足なく切り詰めた言葉でうたっている。

同じような感覚は、④「おませな天使」においても繰り返される。そこでは、心の暗闇を吹き散らし、天使の姿をしているのは、新しく生まれてくる者だけである。ということは、生まれるとすぐ人は天使ではなくなり、今日から明日への日々の暮らしの中で、人は人を決して愛することができなくなるのである。⑤「幼稚園の天使」も、それと状況が似ている。かごめかごめをしていた幼い日には天使がいたが、大人になったら天使はどこにもいなくなった。祈りも愛も好きも嫌いも分からなくなり、そこへ悪魔がやってきた。大人になるということは、あらゆる感情・感覚の不可能な世界へ入ることであり、あるいは、悪魔と同居して生きるということなのである。⑥「忘れっぽい天使」（Vergesslicher Engel, 1939）は、同じことを日々の生活に展開する。日々現れ、消え去るものの繰り返しにおいて、天使は忘れっぽい友だちであり、消え去ること、忘れることを慰めてくれる。この天使は守護天使のようでもあり、そのような繰り返しを見守り、諦めを受容させる。「天使、まだ手探りしている」でも、「わたしにはみえないものを／てんしがみてくれる」と、私の代行をするような守護天使として現れる。⑦「希望に満ちた天使」（Engel voller hoffnung, 1939）の、どこが希望に満ちているのか。この詩はすべて過去形で語られている。好きなものは幾つもあったが、死ぬほど好きなものはなかった。山・空・砂などに人の形を棄てて融合吸収されたかったが、それもできなかった。その、希望に満ちた少年時こそ、天使とともにあった時間であった。希望に満ちた天使とは子どもであり、そのような少年の感受性の中にこそ希望はあった。そして今はない。このように谷川の天使は、明らかに子どもとの関わりが深い。

すなわち、詩集『クレーの天使』の基調をなすのは、第一に自分の中にいる、あるいは、いたはずの子ども、それも年齢というよりは、人間の生地の状態を表すものとして想定される、その意味では虚構的な、絶対的な子どもの感性とでも呼ぶべきものである。この感覚は、形を変えれば既に読んだひらがな詩「さようなら」にも通じるものがあるだろう。しかしその想定された純粋で純美な感性は、すぐに不可能性の色に染められ、子どもと大人は見分けがつかなくなる。そしてこのような子どもの感覚もまた、クレー作品からの触発と繋がる。挿画だけのものも含めれば、「無題／子供と凧」（ohne Titel（Kind und Drache）, 1940）、「子供の遊び」（ein Kinderspiel, 1939）、「幼稚園の天使」、「町の前に立つ子供たち」（Kinder vor der Stadt, 1928）、「ホフマン風の童話風景」（Hoffmanneske Märchenszene, 1921）、「おませな天使」、「少年Ph.」（Kind Ph., 1933）、「子供とおばさん」（Kind und Tante, 1937）、「未熟な天使」（unfertiger Engel, 1939）など、子どもに関わる天使画は多数に及ぶ。谷川の⑧「天使というよりむしろ鳥」（mir Vogel（als Engel）, 1939）では、天使について「なんでもしってるおとななのか／むじゃきなこどもなのか」と語り始めるが、この詩もやはり絵の図柄と関係している。この絵は確かに、こどもっぽいとも言えるが、反面大人のようにも見えなくはない。クレーにおいて、大人・子ども、女・男の間で両義的なその天使は、谷川の場合はモーツァルトのソナタにも夕焼け雲や木の年輪や子犬の瞳にもいて、かくれんぼをしていた。ここで天使は隠れており、それは人間のどこかに隠された子どもの感性を見守るものなのである。

そして、『クレーの天使』は特に終わりに近づくにつれ、生と死の両義性についてうたう。次の三編は、この順で詩集の末尾に置かれている。

⑨ほんのいっしゅん
　てんしになったことがあった

ひとはみなせをむけて
どこかとおくへいってしまった
たぶんふかいもりのなかへ
［……］
そしてしぬひがきた

⑩してはいけないことをして
しなければいけないことをして
したいこともすこしはした
（だろうか？）

ちじょうにさく

（「老いた音楽家が天使のふりをする」）

すべてのはなのなまえをおぼえても
うみにおよぐ
すべてのさかなをとらえても
うまれなかったこどもはなきやまない

（「未熟な天使」）

⑪ほんとうにかきたかったものは
けっしてことばにできなかったもの
［……］
どこまであるきつづければよかったのか
しんだあとがうまれるまえと
まあるくわになってつながっている

もうだまっていてもいい
いくらはなしても
どんなにうたっても
さびしさはきえなかったけれど

よろこびもまたきえさりはしなかった　（「鈴をつけた天使」）

⑨「老いた音楽家が天使のふりをする」（ein alter Musiker tut engelhaft, 1939）では、人々と離反し、「みみにしたしいメロディ」に「つかのまのやすらぎ」を得つつ死ぬ日について語っている。この画は、ふりをしているのだから、身にまとうのは翼ではなく燕尾服なのだろうか。⑩「未熟な天使」では、生まれなかった子どもとは、尽きせぬ世界の事象の群れの謂である。それは言葉となることを求めて泣き止まないが、むろん世界のすべてを言葉に直すことはできない。天使は、悲しみは喜びと同義だと言うが、その天使には会ったこともなく、まるで怒っているかのようである。つまり、世界の不可触性は肯定が否定と同居するような事態なのである。詩集の掉尾を飾る⑪「鈴をつけた天使」（Schellen-Engel, 1939）では、死んだ後と生まれる前とが円環をなし、最も書くべきことは決して言葉にならず、そのような沈黙の状態を演出するのが天使である。こうして、人を愛することの不可能性とそれに由来する絶対的な孤独の感覚が、言葉による世界把握と表現の不可能性という観念と緊密に結び合わされ、天使にまつわるひらがな詩の中に凝縮されているのである。

以上のことから見て、谷川の『クレーの天使』は、谷川の様式論的な特徴としての、触発とひらがな表記によって構築される対位法的な詩が、クレーによる天使画という恰好の対象と出遭い、世界の不可触性、言葉の限界性、様々な境界の揺らぎなど、これもまた谷川が初期から培ってきた思想を、否定性に彩られた超絶的な緊張感溢れる作品群として結集した詩集と言える。

そして、谷川の詩における魂とは、このような詩法、詩的技術の総体を言うのである。それは、宗教や霊的世界（spiritual world）とは似て非なるものであり、純粋に詩的・芸術的な次元において実現される魂の表現にほかならない。また、このこともクレーの様式と響き合う。グレーゴル・ヴェーデキントによれば、クレーの芸術は「より高い何ものか」を伴って表現されているが、もはやそれは宗教的告白や世界観、さらに疑似宗教的なものとも結びついていない。「クレーの芸術は世俗の芸術概念を基礎として絶対的なものを希求することを具現化する。その根本的な教義、つまり絶対的なものは到達不可能で、芸術は憧憬の媒体であるということは、生のあらゆる領域にまで拡張された懐疑とそれらの妥当性を越えて位置づけられている」[32]。それは、信仰なき精神性であり、純粋に霊（魂）的なものではなく、パラ・スピリチュアルな空間である。従って、クレーにあっても、否定性は芸術の様式自体として存在しているのである。

さらに、谷川のこのような詩法、特に触発は、第二次テクスト形成の一つである点において影響やアダプテーションと似ているものの、それらとは異なって強力で明確なテクスト間の繋がりを演出しない。有島武郎がホイットマンと、小川洋子が『アンネの日記』との間で作り出した強い絆は、谷川とモーツァルト、クレーの間には存在しない。とはいえ、それが無視できるようなものでないことは確かだろう。核心をなす対位法を焦点として、谷川、モーツァルト、そしてクレーは緩やかに、しかし確かな繋がりを持ち、最終的には『クレーの天使』という到達点に達した。またこの触発と対位法の帰結は、コラージュやブリコラージュ、モンタージュとも近いところにあり、その意味で現代芸術として谷川の詩を評価する視点をも導入する。

前章で見たようにジャック・アタリは、音楽史は雑音の制度的統制の歴史であり、現代音楽は楽音への雑音の再導入による革新であったと論じた。[33] またロラン・バルトは、生産と受容とに二極化した音楽の現場を再統合し、モーツァルト以前にそうであったように、受容することがまた生産でもある状態を再現することを構想し、それが現代における音楽の実践、ムシカ・プラクティカであると述べた。[34] 谷川がモーツァルト、クレーからの触発によって行ったジャンル間パスティーシュの作業は、触発によって獲得した他者的なもの、すなわち雑音や偶然を介在させることにより、受容と生産とを融合させ、テクストに非同一的な要素を取り入れることによって、極度の緊張感・限界性を詩の中に作り出す営為であった。クレーが絵画的な霊感を得たのも音楽からであったことを思えば、クレーの絵画的な実践と、またそれに触発された谷川の詩的実践は、それぞれにおいて独特な形を採った一種のムシカ・プラクティカであるとも言える。またそれは、初期から谷川が抱えていた沈黙の問題系に、他者のテクストを接続し、それによって詩の可能性を拡張し充実させるという意味で、シミュレーショニズムや流用アートとも地続きのものなのである。

第6章　挑発としての翻訳　谷川俊太郎の英訳併録詩集『minimal』

1　谷川俊太郎作品の英訳事情

これまで辿ってきたように、谷川俊太郎の詩と現代芸術との関わり、あるいは、現代芸術としての谷川の詩作品という課題を追究する中で、詩をそれ自体ならざる何ものかとの接続において理解し、評価しようとする試みが見えてくる。文芸を接続の観点から論じるのは常識的な見方に過ぎないとも言えるが、その接続を単に順接とはとらえず、逆接あるいは齟齬を来す接続、さらには接続できない接続などの仕方に注目する時、現代芸術としての特徴が浮かび上がると言わなければならない。これは、純粋状態を志向しようとする文芸・芸術に、偶然・雑音・例外状態を再導入する様式を評価する見方に繋がる。ここで注意したいのは、谷川自身が翻訳者であると同時に、谷川作品そのものの翻訳にも、特徴的な事態が起こっているということである。そのことは、本章で主として取り上げる詩集『minimal』（二〇〇二・一〇、思潮社）において典型的に認められる。これは、刊行時点で既に、谷川による日本語の詩と、ウィリアム・I・エリオットと川村和夫によるその英訳とが、一つに併録された詩集である。

エリオットには、谷川の詩とその英訳のアンソロジーに、エリオットによる谷川の詩の解釈と彼らの交流などについて触れた作品『A TASTE OF TANIKAWA 谷川俊太郎の詩を味わう』（西原克政訳、二〇一一・九、ナナロク社）がある。同書巻末の著者紹介によると、エリオットと川村はいずれも関東学院大学の教員を務めた人であり、エリオットは詩人・批評家・翻訳家、川村は英文学者で翻訳家である。エリオットは谷川と同じ一九三一年生まれで、川村は三三年生まれのほぼ同年輩である。エリオットによれば、膨大な数に上る谷川の詩について、「わたしは彼のほとんどの詩を翻訳してきた」[1]のであり、それは川村との協働作業として行われたという。エリオットは谷川の詩集五四冊を翻訳、そのうち五〇冊が川村との共訳であるとされる。さらに現在では、この二人および西原克政による翻訳を併録した作品群は、電子書籍として岩波書店から発行されている。

ちなみに二〇〇〇年に岩波書店から発行されたCD－ROM版『谷川俊太郎全詩集』は、それまでに刊行された谷川の大人向け詩集を網羅したものだが、その中には、*Two Billion Light-Years of Solitude*（『二十億光年の孤独』）から、*Listening to Mozart*（『モーツァルトを聴く人』）に至る谷川詩集二〇冊の英訳が含まれていた。また冊子として刊行された英訳併録詩集としては、『メランコリーの川下り』（一九八八・一二、思潮社）がある。『よしなしうた』と『旅』は、それぞれ同じ訳者陣による英訳を併録した国際版が刊行された（それぞれ一九九一・六、青土社、一九九五・二、思潮社）、また、英訳を併録してリメイク出版された『愛について On Love』（二〇〇三・五、港の人）もある。さらに、表面に図版、裏面に谷川による二行ずつの詩と、クリス・モズデルによる英訳を記載した絵葉書大のカード集『気晴らし神籤』（一九九一・二、青土社）、伴田良輔が撮影した女性の乳房写真に谷川が詩をつけた『mamma まんま』（二〇一一・一、徳間書店）などが発行された。集英社文庫版の『二十億光年の孤独 Two Billion Light-Years of Solitude』（二〇〇八・二、集英社）や『62のソネット＋36 62 Sonnets＋36』（二〇〇九・七、集英社）にも両者による英訳が収録されている。

エリオットと川村は一九六〇年代から谷川の翻訳を開始しており、『A TASTE OF TANIKAWA 谷川俊太郎の詩を味わう』の巻末に付された著者紹介によると、それは一九六八年からということである。「あとがき」によれば、その頃から彼らは谷川と交流し、一九七五年にはアメリカ、オレゴン州ポートランドのプレスコット・ストリート・プレス社から、詩集『旅』の英訳である *With Silence My Companion*（Prescott Street Press）を共訳によって刊行した。谷川にとって初めての英訳詩集である。またエリオットは、「わたしは、1982年から2015年（川村さんが逝去した年）にかけて、川村さんとだいたい週1回のペースで翻訳するため会う機会を継続した」[◉2]といい、三三年の間、大人向けの谷川詩を全部訳すことが目標であった。川村が亡くなった後、同じく関東学院大学の教員であった西原克政が後を継ぎ、このエリオットの本も西原が訳している。つまり彼らは親交を結んでおり、谷川の詩集はその大半が彼らによって英訳されていることになる。また、詩人でもあるエリオットと谷川が、お互いの詩作品を翻訳し合って一冊にまとめた、谷川・エリオット・川村共著による、「五つの主題による相互翻訳の試み」と銘打った詩集『Traveler／日々』（一九九五・二、ミッドナイト・プレス）も刊行された。『minimal』についても、田原および山田兼士との公開鼎談において谷川は、「今回も、雑誌に発表した翌日に訳したと彼らは言っていました。とにかく、せっかちなんですよ、エリオットという男は（笑）」と発言している。[3]

さらに興味深いのは、二人による翻訳に際して、谷川自身も介入し、いわば監修を務めているということがある。山田と谷川のやり取りでは、次のようなことが述べられていた。[4]

山田　ということは、谷川さんがチェックをして翻訳を変えたということですね。

谷川　そうです。まずエリオットさんと川村さんが二人で下訳をする時は手書きで、それを川村さんがコンピュータに打ち込むんですが、その時に川村さんが少し手を入れているようです。そうして一冊の詩集の下訳ができると、はじめて三人で集まって一行一行検討することになります。

すなわち、この英訳は通常の多くの翻訳とは異なり、原作者が翻訳作業に関与して監修を務め、その結果、原作者の了解の下に公表された訳なのである。この作業が二人による英訳の全部について厳密に行われているかどうかは別としても、このような詩人と翻訳家との間の密接な関係や、その結果として一人の詩人のほぼ全ての詩集を英訳するなどという事態は、例を見ないものと言わなければならない。

従って、仮に谷川作品の英訳そのものを直接問題とするのであれば、電子書籍版を含めてこれらを検討しなければならないが、ここでは差し控えるほかにない。本章の課題は、表面上、親しみやすく分かりやすい詩も多い谷川作品の中でも、比較的解釈が難しいと思われる『minimal』において、英訳の併録がどのような機能を果たしているかに絞られる。それとともに、『メランコリーの川下り』を、英訳併録詩集の先駆として参照する。まずは、『minimal』について検証してみよう。

2　詩集『minimal』の成立

谷川俊太郎の詩集『minimal』は、二〇〇二年一〇月に思潮社より刊行された。初出は雑誌『現代詩手帖』同年五月号から七月号掲載の詩編で、本文を若干改訂し、順序を再構成して三部に分け、各一〇編ずつ合計三〇編として収録したものである。ウィリアム・I・エリオットと川村和夫による英訳が併録されている。英訳併録詩集の先蹤となる『メランコリーの川下り』の場合、帯に「英文訳との斬新な合本スタイルで、日米同時発売」と記載された通り、右開き縦組で原文が、左開き横組で英訳が収められていた。それに対して『minimal』の場合は、右開き縦組の原文一編の後に、その英訳が横組で挿入されるスタイルとなっている。またこの詩集は、タイトルの通り、一編、一連、一行の文字数が比較的少なく、余白や白紙のページが非常に多い。

　谷川は様々なインタビューや、対談・座談会で自作について多くを語っている。『minimal』についても例外ではない。既に繰り返し触れたように、父谷川徹三の死に触れて編まれた一九九三年の『世間知ラズ』（一九九三・五、思潮社）から、尾崎真理子の言葉を借りれば、「現代詩の総本山、思潮社から新作の詩集を出版しなかった期間を指している」[5]とされる、いわゆる「沈黙の十年」の時期があり、その「沈黙」を破った詩集ともされる。『minimal』のあとがきの冒頭にも、「何年か前、しばらく詩から遠ざかりたいと思ったことがあった」と書かれてあるのはそれを示唆するものだろうか。ただし、その間にも谷川は思潮社以外からは多数の作品を出版しており、その中には、前章までに論じた『モーツァルトを聴く人』や『クレーの天使』などの重要な詩集も含まれる。

　このあとがきには、本詩集成立の経緯について触れた箇所がある。まず、辻征夫の誘いで句会に参加し、「それまで反発していた俳句という短い詩形に、いわゆる現代詩とは違う現実への通路を見つけられるのではないかという期待があった」が、「書いているうちに、この詩形は自分にはいくらなんでも短すぎると思うようになった」という。辻征夫（ゆきお）（一九三九〜二〇〇〇）は、社会人を続けながら作品を発表していた詩人である。谷川と交流があり、谷川は岩波文庫版の『辻征夫詩集』を編集し、それには両者の対談も収録されている。俳句との関わりについては、山田馨との対談においても詳しく語っており、そこで谷川は、「俳句に匹敵するような短い詩」を目指したが、「この形でずっと書き続けることは無理だろうと感じていました」と述べていた。[6] この書き方について谷川は

「エコ詩」とも呼んでいる。[7]

この短い詩について、北川透は、「『minimal』は短さという点で、確かに『旅』詩篇と似ているが、しかし、短いとか断章的という性格なら、この詩人の初期からの詩の一貫した特徴でもある」と、また、「『minimal』が『旅』の自己模倣だという言い方をするなら、そもそも『旅』そのものが、形の上では『六十二のソネット』の自己模倣だということになる。むろん、そんな言い方が成り立たないのは、この詩人が絶えず前に返りながら、楕円を描いて別の道に逸れていくからである」とも述べている。[8]『旅』（一九六八・一一、求龍堂）と『六十二のソネット』（一九五三・一二、東京創元社）の所収詩編は十四行詩であり、谷川の詩にはより長いものもあるが、確かにその程度以下の長さの詩が大半を占めることは事実である。もっとも、『minimal』の短さはかなり極端で、そのことが理解を困難にしている作品が少なくない。ちなみに、『minimal』の続編とも言える谷川の詩集『虚空へ』（二〇二一・九、新潮社）は、その「あとがき」に、「短い行脚の三行一連で書いた『minimal』（二〇〇二年）に続いて、やはり短い行脚の近作十四行詩をこの詩集に集めてみた。今の夥しい言葉の氾濫に対して、小さくてもいいから詩の杭を打ちたいという気持ちがあった」[9]とある。これらのくだりから、この短さは極めて意識的なものであると判明する。[10]

『minimal』の方のあとがきではもう一つ、中国旅行についても触れられている。「呑気な旅のつれづれから、いくつかの予期しない短詩が生まれた。俳句とそれからもしかするとある種の漢詩のもつ、饒舌とは対極にあるものに、知らず知らずのうちに同調していたのだろうか」とあり、俳句や漢詩との「同調」により、「饒舌とは対極にあるもの」つまりあとがきの後段の言葉によれば「沈黙」に帰ることを企図したという。山田馨作成の「谷川俊太郎年譜」によれば、一九九九年の記事に「九月、田原（ティアンユアン）の案内で、瀋陽、北京、重慶、昆明、上海など中国各地をめぐり、詩人たちと交流。日中現代詩の交流に努めた」とある[11]。集英社文庫版の『谷川俊太郎詩選集』全四巻の編者である田原は、詩人・翻訳家・研究者であり、この詩集に収録された作品についてその成立の経緯を語っている。すなわち巻頭の「襤褸」について、「この作品は、一九九九年九月北京から鄭州へと向かう、地上一万メートルの高度を飛ぶ飛行機の中で誕生したものである」とし、また「於蘇州」と注記のある二番目の作品「小憩」についても、「蘇州古城の中心にある玄妙寺」を見物した際に、おみくじを引いた体験が基になっているという[12]。山田馨の年譜では、これは二〇〇一年の記事に「三月、大連、北京、上海で中国の詩人たちと交流。蘇州の道教の寺では、とびきり運勢のいいおみくじを引いた」とあるのに対応する[13]。このことは、谷川自身によっても確証されている[14]。なお田原によれば、「三十首の作品のうち、少なくとも五、六篇は中国訪問のときに書かれたものである」とされる[15]。

詩集『minimal』所収の谷川作品がどのような経緯・事情で作られたかは、およそこのようなものである。すなわち、表向き詩から遠ざかりたいと思っていた時期に、俳句や中国旅行、あるいは漢詩との接触が、直接または間接の契機となり、「行脚の短い、三行一連の詩」によって、「沈黙」への志向を満たすものとして制作されたということになる。その上で本章において問題にするのは、詩の制作や構成の後に行われた、詩集の製作における英訳併録が惹起する事態についてである。

3　英訳併録の問題

山田兼士は、『minimal』所収の原文と英訳との間にあるずれと、そのずれの持つ機能について的確に指摘している。すなわち、「日本語だけ読んで解釈に困った時、英訳が注釈になるわけです。英語を見ると、主語はこうなのかということがわかる。あ、ここがピリオドかと[16]」。このように英訳が注釈となる事態は、前に述べた通り、この翻訳が原作者のいわば監修によって制作され、原作者の了解を得て公表されていることから、より重要なことと考えられる。その具体例として、巻頭の「艦褸」を取り上げて山田は後述のように詳しく解釈している。

「艦褸」については、既に本書の第3章「1　『私性』の変様」に本文を挙げ、解釈を試みた。すなわち、これを詩についての詩であり、発語行為のパラドックスを核とする谷川の詩的様式を暗示するものとして理解したのである。言葉で対象をとらえることの限界性と、それと同値の現象としての「沈黙」を尊重する観念は、初期以来の谷川詩の基調に継続してあったものである。この理解は、山田による次のような解釈と矛盾しない。「艦褸をまとっているからこそ『ちらっと見え』る『裸身』――詩のほんとうの姿――を『私』は『恵まれる』のだが、せっかく垣間見えたその『裸身』を、『私』は、『言葉』という艦褸を『繕う』ことで再び見えなくしてしまう、というのが作品の筋道だ。ここには、『言葉』と『詩』の関係について、微妙だが明確な認識が示されている。言葉という襤褸に包まれた詩の裸身を垣間見ることが詩人にとっての恩寵なのだが、それはほんの一瞬にすぎない、と。言葉という襤褸を纏う理由は読者が様々に想像するだろう。日常の言葉が生活のために必要だから、とか、詩の裸身はほんとうは大変恐ろしいものであるから、とか[17]」。ただし、「襤褸」についての本書第3章の解釈は、英訳を参照せずに読んだ結果であった。エリオットと川村による英訳Ragsは、次のようなものである。

Poetry
came
before dawn

dressed
in
sordid words.

I have nothing
to give to it.
I am rather given

its naked body
glimpsed
through the tatters.

Once more
I mend
its rags.

（Rags）

これについて、山田は次のように述べている。[18]

その三連目に「恵むものは／なにもない」というフレーズがあります。この主語は何か。前のほうから読んでくると「夜明け前に／詩が／来た／／むさくるしい／言葉を／まとって」とあって、ここまでの主語は「詩」です。ところが、三連目の主語は日本語だけ読んでいると曖昧なんです。「（詩が）恵むものはなにもない」とも読めます。しかし、「私が」かも知れない。英訳を見ると、「I have notning」となっています。つまり、「私」が主語だとはっきりわかる。そのかわりに日本語特有のニュアンス、多義性が消えています。

そのあと、「恵まれるだけ」とあって、「綻びから／ちらっと見えた／裸身を／／またしても／私の繕う／襤褸」、ここの繋がり方も大変曖昧です。ぼくの読み方で言いますと、「恵まれるだけ」でマル（読点（ママ））だと思いました。その後「綻びからちらっと見えた裸身を、またしても私が繕う」のかと読んでいました。皆さんはいかがでしょう。ところが、英訳を読むと文の切れ目はそこではなくて、「恵まれるだけ」の目的語が「綻びからちらっと見えた裸身」なんですね。「綻びからちらっと見えた裸身」を、私は恵まれるのです。その後にピリオドがきて、最終連は独立した文になっている。

こういうことは、当然翻訳の段階で谷川さんご自身が立ち合っておられて、「これでいいのかな」「これはちょっと違うな」ということがいろいろあるだろうと思うのですが。

この解説を踏まえ、改めて「襤褸」を読み直すと、ボロを着て家々を回るのは、修行者の托鉢のような行為だろう。托鉢は訪問者が食事などを求めてその家の人から恵まれるのだから、訪問者が「詩」であるとすれば、「詩」は恵む側ではなく、恵むのはこちら側、すなわち“I”の側である。「詩」が訪ねてきたが、本来恵みを与える側であるはずの自分には何も恵むものはなく、逆に「詩」から恵まれるだけだというのである。では何が恵まれるのか。これについて、この詩の原文は曖昧である。注釈として英訳を参照すると、山田の言うように第三連第三行の“I am rather given”はここから第四連に続いており、第四連の終わりにピリオドが付されているので、そこまでが一文である。

英訳では“I am rather given // its naked body / glimpsed / through the tatters.”は、特に問題のない平叙文であり、目的語が“its naked body”であることは明白である。

それに対して、原文を英訳の解釈で見ると、これは倒置法であり、「綻びから／ちらっと見えた／裸身を」が「恵まれるだけ」に掛かることになる。この「詩」の「裸身」とは、いわば詩の本体のようなものだろうか。「むさくるしい」とは汚い、不潔なという意味で、多くは服装について言われるのだから、「むさくるしい言葉」が「襤褸」であるということになるだろう。すると、「またしても／私の繕う／襤褸」とは、「私」がこしらえることのできる「襤褸」つまり言葉は、「むさくるしい」ものに過ぎない。詩の本体としての「裸身」はその「綻び」から「ちらっと見え」るだけ、すなわち詩の本体は常に外部から到来し、自分が作り出すものではなく、しかもそのごく一部しか見えない。自分の発する言葉などは、詩の本体にとっては余計なもので、常にそれを汚すものでしかないという意味に受け取れる。

このように英訳を注釈として読み直すと、確かに筋が通った解釈が成り立ち、筆者が先に試みた解釈とも矛盾しない。しかし、引用した山田による当初の理解も捨てがたい。少なくとも、英訳に見られるこの詩の後半に関する二つのポイント、すなわち一つは第三連第三行と第四連で構成される倒置法と、もう一つは第五連が第四連とは切り離され独立した一文となるという点は、原文の解釈としてはかなり難しいものと言わなければならない。むしろ第四連から第五連へは連続しており、「裸身を」が「私の繕う」に掛かるものとして、つまり、詩の本体である「裸身」を「私」が繕うことで、かえって見えなくしてしまうのが「私」の言葉すなわち「襤褸」である、詩の本体にとって「私」の言葉は余計なもので限界を帯びていると解釈する方が容易だろう。「繕う」には、直す・修復するの意味のほかに、見せかけをよくする・体裁を繕うの意味もあるからである。

　また、「裸身」を詩の本体と解釈したが、これは、いわゆるポエジー、詩精神というようなものだろうか。しかし、その実体は必ずしも明確な像を結ぶわけではない。この詩は、言葉は平明でも明確な解釈が必ずしも容易とは言えない谷川の作品の中でも、統辞論と意味論において難解な部類に属する。その理由は何よりも、言葉数が少なく、意味が凝縮されているからだろう。確かに、山田が指摘したように、「英訳が注釈になる」というのはその通りである。ただし、英訳を参照しても詩の意味が必ずしもクリアにならず、むしろその注釈は原文の複雑さや難しさをより際立たせる効果をも生む場合がある。

　そのような例として、『minimal』所収のもう一つの詩「影法師」（A Shadow）を読んでみよう。

おだやかに流れる河　　A river flowing softly
こうべを垂れて　　and the trees bowing
見送る木々　　farewell....

赤茶けた塀に沿って歩いた　　Having become a shadow,

影法師になって
町まで

かたちあるものを
大気に
溶かしたくて

言葉あるものを
静けさに
返したくて

夕闇のベッドで
眠りを
待つ

I walked to town
along a reddish-brown wall,

wanting to melt
into air
things that have forms,

wanting to return
to silence
things that have words.

In bed at dusk,
I wait
for sleep.

（「影法師」／A Shadow）

この詩において、第二連の一行目と、同じく第二連の二行目および三行目との間で倒置法が用いられていることは、原文でも明白であり、英訳でもそのような意味に受け取れるように訳されている。ただし、英訳ではそれだけでなく、第二連から第四連までが一文であり、第三連と第四連は、あたかも第二連第一行と同格として、すべて "I walked to town // along a reddish-brown wall" に掛かるように読める。すなわち原文の言葉を用いると、第二連第二行の「影法師になって」と、「溶かしたくて」で終わる第三連、「返したくて」で終わる第四連が同格で、いずれも「赤茶けた塀に沿って歩いた」に掛かるということになる。訳文では "～ing" の分詞構文が、その同格性を示している。

しかし、これも原文の読み方としてはかなり無理があるだろう。原詩では、第二連が独立し、第三連と第四連は同格として順接の形で第五連に続くように読み取れる。それに対して英訳では、第四連の終わりにピリオドが付されているため、第五連は独立した一文となる。原文の「溶かしたくて」「返したくて」を理由として「眠りを／待つ」行為と、英訳の「影法師になって」「溶かしたくて」「返したくて」を理由として「赤茶けた塀に沿って歩いた」とする行為とでは、主体の行為としては意味が大きく異なってくる。しかしながら、「かたちあるものを」溶かしたり、「言葉あるものを／静けさに」返したりするのは、二つとも抽象的で観念的な操作であって、そのために歩く行為（英訳の場合）と眠りを待つ行為（原文の場合）とのどちらが適切なのかは、にわかに判断できない。そのため、独立したテクストとして見た場合は、後半を順接として読みうる原文と、第二連第二・三行および第三連と第四連を、第二連第一行へと大胆に倒置してしまう英訳との、それぞれが成り立つように見える。このような場合、英訳を原文に対する注釈と見なすとすれば、作者自身が監修したとされる英訳の理解を、原文に対する解釈としても尊重しなければならないのだろうか。

もっとも、すべてがこのようではない。日本語から英語への翻訳に伴う多少の齟齬は生じるものの、大きな違和感を感じるというほどではない詩もある。そこではむしろ、山田の言うように、英訳が注釈として機能する場面も見られる。「小石」（A Pebble）は、そのような例として挙げられるだろう。

時が
私を
鈍らせる

圭角は
日々の漣に
磨かれ

青黒い
肌は
空を映し

Time
dulls
me.

A pebble's edges
are rubbed smooth
by daily ripples.

Its dark blue
skin
reflects the sky.

幼児の
掌上で
恍惚として

転がり落ちる
無恥へ
……無へ

Rapturous
on an infant's
palm,

it rolls down
towards shamelessness
....towards nothingness.

（「小石」／A Pebble）

この詩は意味を取るのが比較的難しい。第二連に「圭角」という言葉が出て来る。漢和辞典を引くと「圭」は角のある玉（翡翠などの宝石）のことを言い、上が尖り、下が四角で、古代に天子が諸侯に与えたということであるが、その意味を多くの読者は分からないだろう。また「圭角」はその角のことであるが、転じて、気性が人と折り合わないことを言い、「圭角が取れる」つまり人の性格が円満になるという言い回しがある。「玉」を和英辞典で引くと"gem"、あるいは"jade"などとされる。英訳は「圭角」を"A pebble's edges"と訳しており、"pebble"にも宝石の意味はあるが、まずここからは小石がイメージされるだろう。実際、原文の「圭角」は、題名が「小石」であるから、小石を玉に見立て、その角を圭角と呼んだものである。また「小石」には、自分を玉ではなく小物と見なすニュアンスも感じられる。「圭角は／日々の漣に／磨かれ」とは、それこそ、時間の流れの中つまりこの原文は、「時が／私を／鈍らせる」の意味もそれに準ずるのだろう。つまりこの原文は、「圭角が取れる」という日本語の慣用句を、緩やかにではあるが核としているとも考えられる。ただし、この慣用句も日本語において非常にしばしば用いられるというものではない。

一方、原詩の第三連に見える「青黒い／肌は」とは、やや唐突で何のことを言うのかにわかには分からない。英訳はこれを"Its dark blue / skin"としており、この"Its"は前の連の"A pebble"を受けると考えられるので、「肌」とは小石の肌、表面のことである。英訳が注釈機能を果たしている。小石の表面が空を映し、小石は小さいので、幼児の掌に握られ、恍惚となる。圭角が取れ、時の中で鈍くなる（丸くなる、穏やかになる）小石である「私」は、その角で何かを脅かすこともなく、外界をただ映し、幼児の掌で他愛もなく弄ばれることに喜び、「無恥」または「無」の境地に転落する。とすればこれは、詩や言葉を小石になぞらえ、自らの発語が時の流れの中で、すなわち加齢に伴ってどのように変化したのかを綴った詩とも考えられる。また、「無恥」「無」に至る境地は、この詩集の掉尾を飾る詩「こうして」（Like This）の内容、すなわち「書かなくてもいいのに／こうして／書いて」という、書かないにしくことはないにもかかわらず書くことしかできないとする心境とも響き合う。

この詩「小石」の場合は、原文でははっきりしない細部の意味合いが、英訳を参照することによって、ある程度理解しやすくなる。英語の"pebble"にも流水で丸くなった小石という含意があるとはいえ、日本語においては、人の性質に関わる「圭角が取れる」という慣用句への連想を伴うとも考えられる原詩の意味合いが、それと同じ慣用句を持たない英訳のみでは出てこないことも確かである。従って、この場合は原文と英語の併読が求められると言うべきだろうか。

4 挑発する英訳

このような問題について、谷川は山田兼士との間で次のようなやり取りをしていた。すなわち、前に見たように、翻訳者と「三人で集まって一行一行検討する」結果として英訳が成立し、その詩の解釈については「自分では疑いの余地なくわかっている」という谷川に対して、山田が「ということは、逆に、英訳のない谷川さんの詩集については、我々はすごく間違った読み方をしているかもしれないですね」と聞くと、谷川は、「それで解釈できるなら、別にかまわない」「作者とは違う読みの方がいい場合もあるんですよね」と答えている。[19] 詩のテクストも独立した意味作用を行うので、作者の解釈とは異なるよりよい解釈がありうることは言うまでもない。しかし、それだけではこの事態について適切な説明を加えたことにはならないだろう。

というのも、これまでに見てきた幾つかの詩のみならず、『minimal』所収の原詩と英訳との間には、詳細に見ると、さらに様々な齟齬や変移が見出されるからである。たとえば、詩「あるがまま」(Things As They Are)は、英訳では第一連と第二連が一続きの一文となり、第三連と第四連は独立しているが、原詩はすべての連が独立し、一連ごとがそれぞれ短詩であるように感じられる。原詩では第一連の最終第三行「途方に暮れて」は、連用中止形として理解できるが、英訳では第一連全体がwhile節として第二連に続く。詩「葉書」（A Postcard）の第二連の英訳は、"I / plane down / accumulated time"であり、原文「降り積もった／時を／けずる」にはない（省略されている）主語「私」（"I"）が一行をなし、大きく強調されている。またこの詩も英訳はピリオドの位置から、第一連が一文で、残りの第二連から第四連までは一続きの一文であると見なされるが、原詩では第三連は倒置して第二連にかかり、むしろ第四連が独立しているように読み取れる。

それ以外にも、細かい訳語の置き換えは多数認められる。たとえば詩「嘆く」（I Lament）では、「泣く児」が"Infant tears"（子どもが涙を流す）に、また「笑う恍惚」が"senile laughter"（老いぼれた笑い）に、それぞれ原文の修飾語と被修飾語が英文では逆になるように訳されている。詩「真昼」（In Broad Daylight）の場合は、「胸に刺青」が、なぜか"a tatto on his arm"（腕に刺青）となっている。これらは些細なことかも知れず、また翻訳という操作全般においては、この程度はそれほど意外なことではないかも知れないが、より忠実に訳そうとすればできなくはないのに、なぜそうしなかったのだろうか。しかも、通常よりもはるかに大きく、原作者が翻訳作業に介在したのにもかかわらず、このような事態が生じたのである。

そこでまずは前節までに見た事情について、改めて論じてみよう。詩集『minimal』の場合、言葉が少なく凝縮されているために、解釈の難しい作品が多い。特に、統辞論的には主語・述語関係や倒置法について、また意味論的には「圭角」に代表される理解容易ではない語彙について留意しなければならない。そこで、『minimal』の場合、英訳を注釈として利用することに結びついてしまう。英訳併録詩集の先蹤である『メランコリーの川下り』の方は、「五月のトカゲ」のような捻った詩もあるものの、主述関係や語彙で面食らうことはない。また英訳についても、『メランコリーの川下り』は『minimal』ほど問題含みとは思われない。特に詩集『minimal』は、作品毎に原文とその英訳がその順序で配列されているため、相互の参照が容易であり、これは左右両開きで配置された『メランコリーの川下り』とは大きく異なる点である。『minimal』の構成は、もしかしたら最初からその利便性を狙った部分があるのかも知れない。

本書で触れている谷川と現代芸術との関わりの中心は、制作の側における多様な他者との接続にあった。すなわち引用、流用アート、シミュレーショニズムの手法、また音楽や絵画による触発という手法であり、これらをまとめて詩と詩ならざるものとの間を接続する操作と、その結果としてのテクストのコラージュと呼ぶことができる。それらは、初期からの谷川作品において顕著に示された、沈黙への凝視、発語による世界把握の不可能性、さらに詩とは何か、詩と詩でないものとの境界線はどこにあるのかという詩についての詩、いわばメタポエトリーの要素に対して接続されたのである。それらは、本来求心的で内向的な谷川の詩のポエジー志向の核に対して、詩を他者や他物との接触に対して開こうとする、コンタクト志向の表現であった。これは、それ以外の谷川の幅広い営為、すなわち校歌・唱歌の作詞、絵本・童話の制作や、絵本・童話・マンガの翻訳、あるいは写真や像と詩とのドッキング、他の詩人や海外詩人と組んだ連詩・対詩の試みなどにも通じる。

この観点から見れば、本章で取り上げた英訳の併録もまた、原文と英訳とを相互に触発の契機に置こうとする営為としてとらえることはできないだろうか。その際にクローズアップされるのは、読者による詩の解釈という局面にほかならない。理解の際に日英両語の詩を相互に触発物とする場合、それによって解釈は複数化する。これは受容の局面における触発である。しかし、それは単純な触発にはとどまらない。既に検証した通り、これには単純な注釈とは言いがたい要素がある。つまり詩の解釈に関して、英訳は原文に対して、順接となる場合と逆接となる場合がある。逆接となる場合とは、言葉の掛かり方を置換したり、連と連との間の脈絡を置き換えたり、明示されていなかった主語を強調したり、総じて様々なタイプの変換を企てているのである。原文と英訳の二つのテクストの併録は、互いにいわば調和と不調和、楽音と雑音、あるいは協和音と不協和音の両種の響き合い、接続という事態を引き起こすのである。

もちろんこのような現象は翻訳一般においても、多かれ少なかれ起こることだろう。ただし、ここでは原作者のいわば監修によってそれが行われ、さらにそのように両義的な響き合いのあり方を、原作者自身が認めていることに留意しなければならない。読者はそこで想像力を巧みにめぐらし、それが解釈に大きく波及することになるだろう。すなわち、翻訳について、作者は果たしてどこまで監修を行ったのだろうか。「一行一行検討」したというのは本当なのか。また監修するとは正しい訳を提供するということなのか。そこには、作者の読者に対する茶目っ気や遊び感覚も感じられるのではないか。そのような時に、適切な詩の解釈とは、どのようなことを意味するのだろうか。

これらのことから、『minimal』の場合の英訳併録は、テクストの提供方法を自ら攪乱し、そこに雑音を介入させる手法と言うほかにない。英訳を併読する読者はその提供方法に触発されて、この両義性のうちにテクストを受容することを余儀なくされる。むろん英訳を併読しない読者、あるいは併読する場合としない場合との差異と同一に関して意識的となる読者もあるかも知れない。これが『minimal』というテクストにおける一種の呼び掛け構造、いわば挑発であり、谷川のテクストに導入されたもう一つの接続の回路なのである。アレクサンダー・カルダーのモビールとは違う仕方で、しかし、状況・環境と接続されることにより、形の変わるテクスト。『minimal』の英訳併録は、そのような意味での現代芸術なのである。

秋草俊一郎は、露英両語を操り、自分の作品を自己翻訳したウラジーミル・ナボコフの諸作品を対象として、それによって惹き起こされた多様な現象を追究した。自己翻訳によって、一種の異なる「版」（ヴァージョン）が成立するかどうかを問いかけ、秋草は「しかし自己翻訳の場合、異なる版というだけでなく、同時に『翻訳』でもある点に注意しなければならない。〔……〕しかもナボコフは、自己翻訳によって新しい版が作られたからといって、そちらの方がすぐれているという意見では必ずしもなかった」と答え、原作と自己翻訳との間で生じた多岐に亙る問題を究明することを求めている。[20]『minimal』において谷川俊太郎は、原詩を直接自己翻訳したわけではないが、翻訳の過程に参加し、英訳をいわば監修して、しかもそれを原詩と併読容易な形で構成した。ここにおいて谷川は、秋草の見るナボコフと同列ではないものの、かなり遠縁ではあるが、それに類する事柄を、それこそミニマルな形で行ったのではないかと考えられる。谷川詩の翻訳事情全般について、このような接続の問題がどのように機能しているか、今後の検証を待たなければならない。

第7章　発語の瞬間を見つめて　谷川俊太郎『ベージュ』など

1　対比する詩集――『ベージュ』

言語を媒材とする芸術である文芸において、発語の瞬間を見つめ、それを言葉にする限り、言葉には老いがない。谷川俊太郎の詩がそのことを如実に証明している。本章では、詩集『ベージュ』（二〇二〇・七、新潮社）を中心とし、『普通の人々』（二〇一九・四、スイッチ・パブリッシング）と、『どこからか言葉が』（二〇二一・六、朝日新聞出版）、それに『虚空へ』（二〇二一・九、新潮社）などの詩集を併せて、改めて谷川の詩の様式について論じてみよう。

『普通の人々』『ベージュ』『どこからか言葉が』『虚空へ』の四冊の詩集は、それぞれ収められた詩の形式が異なっており、谷川の変貌する詩人としてのスタイルはいまだに健在である。『普通の人々』の所収詩編には、たとえば巻頭のタイトル詩「普通の人々」に、寿子・篤・有希彦・アンリら多数の名前が挙げられるなど、物語のように人物が登場する。それが自覚的な操作であることは、この詩集の「あとがき」において、「私は勝手に名前をつけ、その人たちの生活の断片を想像してみたりする」とか、「場面の前後に存在するであろう物語は、読者の想像力に任せたいと思っている」などと述べられることからも明らかである。その中に、文字通り「場面」と題する詩もある。すなわちこれは、物語の場面をとらえたとする趣向の詩集なのである。また、『どこからか言葉が』は、『朝日新聞』に連載された詩を収録したものであり、そのためもあってか、前後の作品に関連性が生じている。たとえば、「天使考」1～3と題する詩が、飛び飛びにではあるが三編ある。また、「ルバイヤートに倣って」と、その続編とも言える「ルバイヤートに倣ってまた」という詩がある。さらに、「疑う人」「断る人」「語る人」「終わらない人」とそれぞれ題する、連作とも見える詩も含まれている。要するに、『どこからか言葉が』は、一種のいわば連鎖形式の詩集となっている。さらに、ソネット形式の詩集『虚空へ』は、既に前章で触れたように、『minimal』（二〇〇二・一〇、思潮社）と同様かそれ以上に短く言葉を切り詰めた作品を収め、その続編または姉妹編とも言える。

その中で『ベージュ』は、一見何も特異な趣向のない詩集のようだが、そこには一貫して一つの基調が認められると言わなければならない。それは、過去と現在、青年期と老年期との対比・対照である。ただし、それは失われた青年期に対する懐旧の情に駆られた老人の繰り言などとは関係がない。その対比・対照もまた、詩法、すなわち詩の方法や理論においてなされている点に、この詩集の大きな特徴を見ることができる。この詩集の「あとがき」の最後に、「米寿になったが、ベージュという色は嫌いではない」とあるように、『ベージュ』という題名は「米寿」、つまり八八歳の意味を掛けている。ベージュ（beige）はフランス語由来の色の名で、生地のままの羊毛の色、ひいては薄茶色、明るい砂の色を表す。ただし、ベージュが実際に指し示す色はかなり幅広い。またフランス語の場合には、生地のまま、生成（きなり）のままの、という意味も含まれるようである。この意味合いは、谷川の詩を読む際には印象的であるが、そこまで考慮してつけられた題名かどうかは定かでない。

この詩集には全部で三一編の詩が収められ、目次を見ると、間に空行を入れて七部に区分されている。[1] 真ん中に、九編の詩を含む「十四行詩二〇一六」のセクションがある。また、これらを含め比較的短い詩が大半を占めるが、「にわに木が」と「蛇口」の二編だけは単行本でそれぞれ六ページと一一ページに及び、目次上はそれだけで一つのセクションを構成する。

またこの「あとがき」の冒頭には、「詩を書いていると、私の中に時々ひらがな回帰という現象が起こる」と述べられる。文字以前の「言葉に内在する声、口調のようなもの」、あるいは「ひらがなのもつ『調べ』」が、自分をとらえてしまうという。この『ベージュ』の巻頭を飾る詩は「あさ」と題する全編ひらがなで書かれた詩である。ひらがな詩は、谷川の詩の様式の核心部分を占める。本書で既に検証したように、谷川のひらがな詩は、詩集『ことばあそびうた』（一九七三・一〇、福音館書店）以来、ほとんど系統的にと言ってよいほど多く書かれるようになる。先に論じたところによれば、ひらがな詩という様式は、発語の原初的形態を執拗に追求する谷川の詩の根幹に組み込まれた。表意文字である漢字を配したひらがな表記により、読者は言葉の持つ多義性と常に対峙し、言葉から意味の発生する瞬間へと、緊張感をもって遡行しなければならない。ひらがな詩は、発語の瞬間、意味の起源への眼差しを核とする谷川詩において、重要な資産となったのである。「言葉に内在する声、口調」や「ひらがなのもつ『調べ』」とは、このような発語の瞬間に出現するものではないだろうか。

ところでこの詩「あさ」は、八八歳を連想させる『ベージュ』というタイトルを念頭に置く時、老人の一日の始まりを描いた詩であることが分かる。

めがさめる
どこもいたくない
かゆいところもない
からだはしずかだ
だがこころは
うごく
［……］
だれでも
しっている

いきものはいつか
しぬ
いのちは
いつもあやういのに
きもちはまぎれる
そらのくもに
そよぐくさきに
うたに
よろこびに
［……］

しんだあとの
ときへと
こころは
うごく
からだに
しばられながら

からだを
よろこんで

（「あさ」）

「めがさめる／どこもいたくない／かゆいところもない／からだはしずかだ／だがこころは／うごく」。この第一連でこの詩の基調は設定される。身体に何の問題も抱えていない人は、朝、目が覚めた時に「どこもいたくない」などと考えることはない。日頃、病や障害、そして老いを自覚する者だけが、自分の体に問題のないことを確認するのである。しかし、「からだはしずかだ」は、内部からはち切れそうな生命力の表現ではない。若者の身体が生命に満ちて動きを求めるとすれば、静かな体は、もはや若者のものではないことを暗示する。だからこれは老人の詩なのだ。だがこの老人は、体は静穏だが、心は躍動するのである。そしてその心は、この老人においては言葉とともにある。第三連で、「だれでも／しっている／いきものはいつか／しぬ」、だが、その危うい命にもかかわらず、「きもちはまぎれる」。その紛らす対象は、空、雲、そしてうたと喜びであり、この「うた」は詩を意味するだろう。そして、その心は「しんだあとの／ときへと」、つまり死後へと動いていく。ここに体はあっても、心は「どこまでも／いつまでも」動く。今も生きている現在を確認しつつ、心が詩へと動かないではいられない朝。健康な若者には決して訪れない時間を、この詩は描くことにより、この『ベージュ』という詩集は方向づけられるのである。

このような老いの自覚、凝視が、この詩集や最近の詩集には見え隠れしている。詩「明日が」は、

「老いが身についてきて／しげしげと庭を見るようになった」と始まる。「何もしない何も考えない／そんな芸当ができるようになった」とする精神状態や、「転ばないように立ち上がり」という身体への配慮に関する言及も、この詩は含んでいる。詩「言葉と別れて」では、青空の白い雲を「老人の私もそれを見ているが／赤ん坊と違って私はそれを言葉で見る」とうたう。目で見る実感ではなく、言葉による概念化が、この老人の見る行為なのである。このように、老いや老人の観念と実態が、作品を基礎づけている部分のあることは確認しておかなければならない。だが、この詩集は老いを嘆く老人の繰り言ではない。老いの実感の基調の上に、あるいは、それにもかかわらず、詩の手法と本質に関わる追求と確認がそこには横溢している。まさにそれこそが、詩集『ベージュ』の眼目なのである。

この詩集の帯には、「18歳の日、／ぼくは／湧きあがる／詩を／大学ノートに／書き始めた。／あれから／70年――」とキャッチフレーズが記されている。「あさ」に続く二番目の詩は「香しい午前」だが、この散文詩は末尾に「1951.4.4」とあり、同じく「2019.6.1」と書かれた次の三番目の詩「退屈な午前」と対照をなす。これもまた散文詩である。本詩集の巻末に「初出」の一覧が記載されているが、本文中に年月日が付記されたのはこの二編のみであり、内容・形式上も対比の効果を狙っていることは明らかである。一九五一年は谷川が二〇歳になる年であり、「あれから／70年――」の時間差をこの対比は抱えている。

まるで怠惰な川のように僕は静かな雨を降るにまかせている。ある時は暖く、ある時は濁って、たまに凍り長い間……。開拓者達が駈け去ってしまうと焚火が残る……。その火に映え、その煙にむせ、その灰に僕は涙を流す。

しかしある香しい午前、僕は眼を覚ます。世界に似た夢から。そしてロケットのように美しい姿勢で僕の意志が生まれる。滅ぶことを知っている、そしてその上に戦うことを知っている美しい意志が生まれる。そしてそのような時こそ僕はほんとうにうたうことが出来る。僕の死にむかって、僕の誕生にむかって、数しれぬ島宇宙のかなたにむかって、猿のような人達のいた野原にむかって、冷えてしまった太陽にむかって僕はうたうことが出来る。（「香しい午前」）

帰り道を知らないのに朝、私はいつの間にか帰って来ていた。どこへ行っていたのかという答えのない問いかけをする若さとは、もう絶交だ。見慣れたものが目に入るだけで昨夜が今朝に切れ目なくつながっていることに安心する。［……］

今日の約束はなんだったか、忘却の快感を味わいながら、私は顔を洗い、サプリメントを白湯で流し込み、情報と宣伝の深海の探検を諦めている朝刊を開き、燃えるゴミへと閉じる。ミルクを温め紅茶を淹れ机の前に座る。何故か数日来読み続けている本を引用したくなる。

ジャック・ロンドン、行方昭夫訳の『どん底の人びと―ロンドン1902』からの引用の引用。

「人を惨めにするのは死ではない。飢え死にすることでさえ人を惨めにはしない。（中略）人を惨めな思いに追い込むのはむしろ、惨めに『生きる』ことなのである。（後略）――カーライル」

（「退屈な午前」）

詩「香しい午前」において空想される「香しい午前」とは、「滅ぶこと」の認識の上に「戦うことを知っている美しい意志が生まれる」時である。それは、そこから「僕」が、自分の死や誕生、あるいは宇宙的空間の彼方や人類史的な過去、さらに太陽の死滅する悠久の未来をも「うたうことが出来る」、つまり詩の言葉で表出できるようになる理想的な時間にほかならない。

それに対して詩「退屈な午前」の「私」は、「今日の約束」を忘れ、体を養う「サプリメント」を服用し、朝刊を読むと直ぐに「燃えるゴミ」に出すような、ダルな人物である。冒頭の二文目に、「どこへ行っていたのかという答えのない問いかけをする若さとは、もう絶交だ」と書くこの「私」は、もはや若くはなく、物事に厳密や厳格を求めることはない。昨夜と今夜との繋がりに安心し、忘却も既に快感でしかない。しかし、ジャック・ロンドンによるカーライルからの引用に、「人を惨めな思いに追い込むのはむしろ、惨めに『生きる』ことなのである」という言葉を見つけ、「底に見え隠れする惨めな思いと縁が切れない」とするこの「私」は、戦う意志の横溢した時間、いわば七〇年前の「香しい午前」に訪れた理想的な時間を否定しつつも、「惨めな思い」を払拭できない現在の「退屈」を認識している。ここには、島宇宙や太古の野原や無窮の未来へと向かう強烈な意志はなくとも、今・ここにいることの意味を見極めようとする意志の働きが感じ取れる。

この二つの詩の対比は、七〇年の時を隔てた変化をはらみながらも、意志の根源としての今・この認識の持続をも確認するものとなっている。このような今・ここにいることの意味の究明は、その名も「イル」と題された四番目の詩でも繰り返される。首尾をなす「今日／私がイル／のである」から、「イル／私がイル／平気で／今も」までの展開の中で、「姿かたちは違っていたが／八十七年前もイタらしい」「私」の持続性が、「ここにいる」境地の確認とともに語られる。冒頭の「あさ」からこの「イル」までを読むと、この詩集がどのように老いを見つめる作品となっているかは明らかだろう。

2　詩についての詩

対比により、加齢に伴う変容とその中での持続を浮き彫りにすること。そのもう一つの手法として、『ベージュ』の「十四行詩二〇一六」と題するセクションが注目される。このセクションは、『六十二のソネット』（一九五三・一二、東京創元社）や『鳥羽』（一九七〇・一、求龍堂）など、過去の自らのソネット詩集と対比されているように思われる。本来、西洋のソネットは一四行から成るだけでなく、韻を踏むことにより高度な音楽性と格式美を備えた形式であったが、日本語のソネットの多くは、より自由なソネット風の現代詩である。先行する章で検討したように、谷川は立原道造のソネットの影響を受けて書き始めたらしい。詩集のタイトルに「ソネット」を入れた谷川は、立原とも並ぶ日本のソネット詩人の代表格と呼ぶことができる。その谷川詩の代名詞の一つであるソネット（「十四行詩」）をあえて章題としたのは、特に『六十二のソネット』への関連づけを含むものと見てよいだろう。

そのうち、既に触れた詩「明日が」は、第三連以降、「何もしない何も考えない／〔……〕明日がひたひたと近づいてくる／／転ばないように立ち上がり／〔……〕能楽の時間を歩み始める」とうたう。「能楽の時間」つまり極めてゆっくりとした時間に身を委ねることこそ、老いが身についた境地であり、そこでは「明日がひたひたと近づいてくる」のであって、決して自ら明日に向かうのではない。このような老いにまつわるニュアンスは、ここでもまた踏襲されている。ただし、これ以後の詩においては、より尖鋭な認識の在り方が目覚ましく現れてくる。それが顕著に見られるのは、ソネット「夜のバッハ」である。

立ち枯れてしまった意味の大通りを
幼児の一団がよちよち歩いて行く
ほつれたセーフティネットにひっかかって

老爺が一人雀のようにもがいている
議会では夥しい法案が葬られ
台所では昔ながらの豆が煮えている
地下深くゴミと化した歴史は埋められ
ウェブは無数の言葉を流産している
［……］

未来の真実は現在の事実を模倣するだろうか
夜のバッハが誰に聞かれるともなく
人々の耳に近くチェンバロで呟いている

（「夜のバッハ」）

この第二連は、現代社会を批判している。この詩冒頭の「立ち枯れてしまった意味の大通り」は、言葉が軽んじられ、意味が深く検討されない現代を指す。「幼児の一団」は現代人であり、そこで「一人雀のようにもがいている」「老爺」とは、この詩集の一連の作品の主人公である高齢の詩人なのだろう。「退屈な午前」の「惨めな思い」にも通じる現状である。「未来の真実は現在の事実を模倣するだろうか」とは、この旧態依然とした繰り返しの現実が、未来にもまた繰り返されるのかの問いと言える。これに続けてこの詩は、「夜のバッハが誰に聞かれるともなく／人々の耳に近くチェンバロで呟いている」と終結部を迎える。前の章で論じたように、谷川の詩法の根底に、バッハやモーツァルトの対位法にも通じる、反復とそのずらしの構造がある。この詩集『ベージュ』の所収詩編においてもそれは用いられており、また「詩の捧げ物」と題する、バッハの「音楽の捧げもの」に触発された詩もある。「バッハ」という語彙は、この場合、バッハが得意とした対位法、すなわちフーガ、カノン、リチェルカーレなどの形式を喚起することにより、模倣と反復の意味をも共示するのかも知れない。とすれば、「未来の真実は現在の事実を模倣するだろうか」の「模倣」は、対位法的な繰り返しの日々を音楽的なニュアンスで示すものともとらえらえる。

また、この詩集には、「ウェブ」「ブログ」「デジタル」など、ＩＣＴ関連の言葉が頻出する。「十四行詩二〇一六」の掉尾を飾る「泣きたいと思っている」は、まさしく絶唱である。第二連以後を引用しよう。

ただ一つの一回限りの取り返しのつかない事実が
文字になり映像になって世界中に散らばって忘れられる
数小節の音楽になだめられて口を噤む若者の
饒舌なブログに見え隠れする暴力の波動

「アウシュビッツ以後、詩を書くことは野蛮だ」
勲章をもらった老詩人は照れながらアドルノを引用して
「詩人には野蛮人としての一面が必要だ」とつけ加える

夢も言語も失って世界はただの事実でしかなくなった
嗚咽でもすすり泣きでも号泣でもなく
泣き顔を見せずに泣きたいと思っている

（「泣きたいと思っている」）

ソーシャル・ネットワーキング・サービスにおいては、思想や詩法を持たず、ただ技術と富だけを信奉する心ない者によって、弱者が傷つけられている。凶行の事実はウェブを通じてまたたく間に世界に散乱し、すぐに忘れられる。この詩では、「アウシュビッツ以後、詩を書くことは野蛮だ」とテオドール・W・アドルノの語った言葉が引用され、[2] その「暴力」に対抗する道が模索されるものの、結局、「夢も言語も失って世界はただの事実でしかなくなった」、「泣き顔を見せずに泣きたいと思っている」とする痛切な認識が示される。同じソネット形式に乗せて、「とまれ喜びが今日に住む／若い陽の心のままに」（「1 木陰」）とうたった『六十二のソネット』と、これはまた何という違いだろうか。

ここからさらに、デジタル・ネットワーク社会における言葉・詩・詩人の位置を、詩集『ベージュ』は突き詰めようとする。集中最大の長詩「蛇口」では、「水道の蛇口」すなわち現実世界と、「言葉の蛇口」すなわち言葉の力とが対比される。「地球を覆うデジタルの恩恵に今日も／米寿の男は沐浴している」。この詩における「米寿の男」は、ディスプレイの映像で世界の隅々まで観察できる状態にありながら、それを言葉として認識できない限界状態に身を置いている。この詩では、その世界内に点在する「戦火」「原子炉」「マシン」「バーコード」などが次々と列挙されるが、「焦点が合わない／その暈けを意味は喜ばないだろう」と、それらはあやふやなままに受容されるほかにない。数連（多くは三連）毎に一行ずつ挿入される「…この私は本当に私だろうか…」、「…私はそこにはいなくてここにいるのだが…」などの問い掛けから、この映像の中で、「私」は自らの輪郭さえ不確定な状態にあることが分かる。「私というアナログメータの針が振れる／言葉の自分を丸めて捨てると／見えないエネルギーと一体になって／私は空を見上げて大の字になる」。ここで、言葉の世界から自然へと「私」は逃げようとするが、結局このデジタル世界から外へ出ることはできない。なぜなら、「…カミの名に値するのは自然だけ…」なのだから。

そして、詩「何も」から始まる詩集の最後のセクションでは、谷川様式における初期以来の沈黙への凝視と、言葉による世界の不可触性の認識へと回帰したかのような表現が見られる。「何も」では、「だが言葉で掬おうとすると／どこかへ消え去る」として、詩が世界をとらえることの限界と、沈黙が内包する意味の豊かさについて描かれる。まるで、「私が歌うと／世界は歌の中で傷つく」（「57」）と呟いた『六十二のソネット』や、「黙つていた方がいいのだ／もし言葉が／一つの小石の沈黙を／忘れている位なら」（「もし言葉が」）と語る『あなたに』（一九六〇・四、東京創元社）の時代へと巻き戻されたかのようだ。続くソネット「裸の詩」も、その意味で近いところにある。

文字を脱いで裸になって
詩が心の部屋に入ってくる
外では風が吹き荒れているが
部屋の空気は穏やかだ
［……］

詩の裸体は美しい
だが見つめると姿はぼやけて
風にさやぐ木々に紛れる

脱ぎ捨てた文字をまとって
唐突に部屋から詩が去る
声の谺ばかりを残して

（「裸の詩」）

これは既に引用した詩集『minimal』(二〇〇二・一〇、思潮社)の冒頭の詩「襤褸」の第一連に、「夜明け前に/詩が/来た//むさくるしい/言葉を/まとって」とある一節を想起させる。「詩の裸体」とは、詩の本体、言葉では届かない世界の実質を体現するイデアである。だが言葉を排除した詩などというのは、現実においてパラドックスでしかなく、見果てぬ夢でしかない。詩は言葉によって可能となるのだが、同時に言葉によってこそ詩は最も不自由なものとなっていると認識されるのである。さらに次の詩は、これもソネットであるが、そのタイトルが「言葉と別れて」であり意味も、ここから類推することが容易である。さらにその次の「詩の捧げ物」でも、「文字でも声でもない詩」への憧れが述べられ、最終第六連で「虚空に詩を捧げる/形ないものにひそむ/原初よりの力を信じて」とあるのは、言葉を本業としながらも世界の実質に深く養われている者の、矛盾してはいるものの心の奥底から湧き出た、自然と現実への鑚仰が現れているのである。

ここまでの内容をまとめると、詩集『ベージュ』において、第一に、若き日の作品と現在の作品、特に『六十二のソネット』と「十四行詩二〇一六」との対比・対照により、加齢に伴う時間の経過における変化と持続が浮き彫りにされている。それ以外にも、たとえば詩「この午後」と「その午後」において、「青空」が取り上げられ、『二十億光年の孤独』で人口に膾炙した詩「かなしみ」や「はる」を想起させたり、また、詩「色即是空のスペクトラム」では黒と白との間の色のグラデーションに触れて、詩集『定義』(一九七五・九、思潮社)所収の詩「灰についての私見」とほぼ同じ思考を展開したりするなど、同様の趣向は随所に認められる。これを拡大すれば、現代においては大江健三郎や村上春樹らが、年長となってから、過去の自作を取り入れる形で創作を行った、いわゆるセルフ・リライティングの手法にも通じるだろう。

第二に、加齢による変化とは、老いに伴って、強烈な意志と生命の力から、現実を注視し受容する方向への変容である。就中、特にデジタル・ネットワーク社会の現状が、自らもその恩恵に浴しながらも、批判的にとらえるべきものとして描き出されている。そのデジタル世界において「私」は「アナログメータの針」であり、輪郭を暈(ぼ)かされた不確定な状態に置かれながらも、ともかくも言葉をもってその状態そのものを記述していく。

そして第三に、加齢にもかかわらず持続するものとは、詩人がその本質とするその言葉自体に関する注視であり、これは谷川の初期から全く変化していないと言わなければならない。その意味で、谷川俊太郎の詩とは、一貫して詩についての詩であり、詩についてのメタフィクションであった。[3] そもそも詩がフィクションであるという認識そのものが一般には希薄な中で、詩集『普通の人々』の「あとがき」において、谷川は「詩も小説と同じく基本的には虚構だと私は考えている」と書いている。谷川の詩は、詩について語る詩であり、さらに言えば、詩について語っているということについて語っている詩である。そして『ベージュ』もまた、詩とは何か、詩と詩ならざるものとの境界線はどこにあるのかと、一貫して問い続けてきた谷川の詩の現在地を示すものにほかならない。それは、確かに自らを老いたものとして定位した上で語られる。しかし、それを語る言葉遣いには、何らの老いも感じられない。

谷川の詩は、感情の詩というよりも認識の詩であり、存在についての詩である。それもまた、既に抒情詩というような概念で谷川の作品をとらえることのできない理由の一つなのだが、認識と存在を語る谷川の詩は、少なくともその側面において、そもそも老いというような生理的現象とは無縁なのである。谷川の作品は、いつも、いつまでも本質的に若いと言わなければならない。その理由は、この詩人が常に、人間と世界との出遭いと接触の局面を見つめ、そこにおいて言葉が誕生する瞬間をとらえ、その一瞬そのものを発語の本質として培っていることに由来するだろう。だからこそ、谷川の様式は絵本・童話などの子ども向け文芸と親和性が高く、『ことばあそびうた』の類のノンセンス文芸とも親和性が高く、その要素が最大限に発揮されるのがひらがな詩であることも、それによって説明がつくのである。

3　言葉の誕生の姿

『どこからか言葉が』は、さほど厚くない本の中に、五二編の詩が満載された詩集である。幾つかの詩から言葉を拾ってみよう。詩「今は切り株」では、「言葉のもたらすものはほんの僅(わず)かだ」と「饒舌(じょうぜつ)と沈黙を代わる代わる浪費してきて」、しかし「いま赤ん坊のアルカイックスマイルに」微笑み返している。アルカイック・スマイル（古代的な微笑み）とは、古代ギリシャの彫刻などに見られる素朴な微笑みのことである。最も新しく生まれた赤ん坊が、最も古い微笑みを宿し、それが多義的で汲み尽くせない。「そんな何でもない生の一瞬」の価値に人は気づかない。ここには、誕生と終末が一点で収斂し、言葉の限界を言葉で語るパラドックスが認められる。次に、「GENESIS」と題する作品は、ひらがな詩である。

いくらときをさかのぼっても
はじまりのはじまりをしることはできない
からだはこのいまをいきるだけ
こころはしらないときにあこがれるだけ

このよはおおきすぎるふかすぎる
あのよはきっともっとおおきくもっとふかい
それにくらべるとかみさまはちっぽけ
にんげんとかわらない

ボクはきょうからまじめににんげんをやっていく

（「GENESIS」）

Genesisとは、起源・由来・始まりのことであり、また聖書の『創世記』をも意味する。「はじまりのはじまり」を究明しようとしても、「このよ」と「あのよ」はどちらも不可視・不可知であり、「それにくらべるとかみさまはちっぽけ／にんげんとかわらない」とうたわれる。神は相対化される。最終行の「ボクはきょうからまじめににんげんをやっていく」とは、起源・由来を尋ねつつ、結局今・ここに立脚するほかにないとする、現世主義・世俗主義の立場を示す言葉と言えるだろう。谷川は、これほど起源・根源にこだわるにもかかわらず、それを神、すなわち超越的な理論によって解決することをしない。「失われた声の後にどんな言葉があるだろう／かなしみの先にどんな心が／生きることと死ぬことの間にどんな健康が／私は神――と呟きかけてそれをやめた」とうたった、『六十二のソネット』の「11 沈黙」以来、そのことは一貫している。解決できない世界を、その解決不能性も含めて受け入れること、また、言葉では語りえないその世界を、語りえないという地平において言葉で語ること、この間に生まれるパラドックスの中で谷川の詩は成立する。谷川俊太郎の詩は、世界の存在を表現する（ことはできないとする）存在論的な詩であり、その意味では、徹底したリアリズムの詩にほかならない。

このような初期から持続するパラドックスは、詩「コトバさん」で、「コトバさん　コトバさん／『本当の事』はどこにある？」と、また詩「雲を見ている」で、「ただ雲だけがある気持ち／それを誰かに伝える術がない」と、さらに詩「詩人」で、「詩人は世界を愛している／もっぱら言葉で」と、あるいは「ヨンダルビナ」で、「詩も言語以前の事実に拠る」と語ることによって、この詩集においても踏襲されている。これは、かつて中原中也が「芸術論覚え書」（草稿）などで『「これが手だ」

と、『手』といふ名辞を口にする前に感じてゐる手、その手が深く感じられてゐればよい」と述べた、いわゆる名辞以前の世界の追求を想起させる。[4]

ただし、この詩集においても、老いへの眼差しを欠いてはいない。詩「夜へ」では、「足を引きずって小刻みに歩く／自慢じゃないが私は老人」とうたい、だがその「身についた老いの事実」に戸惑う状態を語る。巻末の詩「元はと言えば」でも、「実物の私はただの老人／だが詩人という肩書が付くと／普通と違う老人に見えるらしい」という。しかし、この老人は決してただの老人ではない。詩「私はまだ」で、自分が母の胎内にいて自分ではなかった頃のことを回想し、だが「どこからか思いがけない光がさして／私は無言で歌うことを覚えた」とある。このかつての胎児、今は老人となった人物は、原初より「歌うこと」を宿命とし、その「歌うこと」の意味と可能性・不可能性について「歌うこと」を、最も得意とした人物なのである。この人物は、今こそ、自らの来歴と資質を正面からとらえ返している。

最後に、形式・内容において『minimal』とコンセプトを共有する詩集『虚空へ』所収の詩には、谷川の様式の基盤となってきた沈黙に対する志向が、改めてさらに顕著に表出されている。その名も「(沈黙に)」と題する詩がある。[5]

沈黙に
自然の

静けさが
満ちて

耳は澄み
微風に
酔う

理と知を
超えようと
あがく
言葉

心の無力を
嘆く
魂

（「（沈黙に）」）

この詩の第一連から第二連にかけては倒置法を用いない平叙文、第三連と第四連は体言終止となる平易な詩行の展開である。『虚空へ』に収められた詩は、巻末の「拾遺」の章を除けば、すべてタイトルは詩の語り出しの部分から取られ、括弧にくくられている。ソネット形式の詩集であり、『minimal』と同様に一行の語数が極めて少なく、その少なさは『minimal』以上とも言える。これらの趣向は、最小（ミニマル）からさらに無（虚空）へと志向する線の上に、この詩集のテクストが定位されていることを示すかのようだ。「（沈黙に）」において、沈黙（「静けさ」）は充実してあり、聴覚は澄んで快調だが、言葉や魂はその沈黙の前で足掻いたり嘆いたりしている。「名づけてはいけない／それを／惑わしてはいけない／言葉で」とうたう詩「（言葉にならないそれ）」、「静寂が／沈黙を抱きとめる夕暮れ」が描かれる詩「（静寂が沈黙を）」、「自然は／語らない／歌わない／生きるだけ」と限定する詩「（自然は語らない）」、さらに「宇宙を／言語へと／貶める／無恥」とまで批評する詩「無恥」。これらの作品は、『ベージュ』が社会的な事象やネットワーク環境などの現実的な話題について、批評的な言葉遣いで語っていたのに対し、沈黙という詩的様式の基礎を見つめなおす詩についての詩としての色彩が、より観念的に純粋化された形で表出されたものと言える。

谷川俊太郎が身を以て示していることは、言葉の遣い手の年齢にかかわらず、記号であり言語であるところの言葉そのものは、決して本質的に老いることはないということ以外ではない。発語の瞬間を凝視し、言葉の誕生の姿を見つめ続ける谷川の詩は、いつも赤ん坊のように、また少年のように若々しく、齢を感じさせない。いつの時代のどの詩をとっても、すべてがそれぞれの仕方で、しかし共通に、言葉の始まりの様態、あるいは言葉および人間と世界との接触の局面をとらえ、またとらえることの困難をうたっている。そこにあるのは、始まりの感覚の原初性にほかならない。谷川は、言葉を身に付けた人間が、どのようにすればその言葉の生命を生きることができるのかを、他の誰よりも鮮やかに示している詩人である。

●注

序　沈黙と雑音――谷川俊太郎の現代詩

1――白石美雪『ジョン・ケージ　混沌ではなくアナーキー』（二〇〇九・一〇、武蔵野美術大学出版局）参照。

2――ジョン・ケージ「変化」（『サイレンス』一九六一、柿沼敏江訳、一九九六・四、水声社）、四八～四九ページ。

3――白石美雪『ジョン・ケージ』（前掲）、一二五ページ。

4――武満徹もまた、谷川についてのエッセーを幾つか書き、谷川と対談もしている。また武満はケージとも交流がある。本章との関係では、「『消える音』を聴く」（『毎日新聞』一九九二・七・一〇夕刊）において、発せられた音は必ず消えるということに立ち戻って聴くことを提唱する。そして、「音は消えるのだ、ということを、本質的な問題として捉え直した作曲家は、ジョン・ケージだろう。だが、すべての音楽表現の根底には（消えていく）音を聴き出そうとする、人間の、避けがたい、強い欲求が潜んでいるはずだ」と述べている。引用は武満徹『遠い呼び声の彼方へ』（一九九二・一一、新潮社）による（三二ページ）。

5――三浦雅士「谷川俊太郎と沈黙の神話」（『私という現象』、一九八一・一、冬樹社）、一一〇ページ。

6――四元康祐「反転された視線――詩集『21』」（『谷川俊太郎学　言葉vs沈黙』、二〇一一・一二、思潮社）、一七三ページ。

7――谷川俊太郎「沈黙のまわり」（『文章倶楽部』一九五五・九、『愛のパンセ』、一九五七・九、実業之日本社、『愛について／愛のパンセ』、二〇一九・八、小学館文庫）、一三九ページ。

8――『六十二のソネット』（一九五三・一二、東京創元社）、『愛について』（一九五五・一〇、東京創元社）、『シャガールと木の葉』（二〇〇五・五、集英社）、『こころ』（二〇一三・六、朝日新聞出版）、『虚空へ』（二〇二一・九、新潮社）。

9――本書で用いる「現代芸術」という語の意味は、巷で言われる「現代アート」と同じである。

10――谷川俊太郎のTVドラマシナリオ集としては、瀬崎圭二編『谷川俊太郎　私のテレビドラマの世界「あなたは誰でしょう」』（二〇二〇・三、ゆまに書房）がある。その他、ここに挙げた多くのジャンルの作品については、本論で触れている。

11――谷川俊太郎・大岡信『批評の生理』（一九七七・九、エッソ・スタンダード石油株式会社広報部、一九八四・三、思潮社）、四六〜四七ページ。

12――大岡信『蕩児の家系　日本現代詩の歩み』（一九六九・四、思潮社）。

13――谷川俊太郎「自作を語る」（『詩学』一九五七・七、『世界へ！』、一九五九・一〇、弘文堂、『沈黙のまわり　谷川俊太郎エッセイ選』、二〇〇二・八、講談社文芸文庫）、五八ページ。

14――谷川俊太郎「インタビュー　言葉への通路・私への通路」（『現代詩手帖』一九八五・二、「特集　日本語のカタログ」）。

15――椹木野衣『増補　シミュレーショニズム』（二〇〇一・一二、ちくま学芸文庫）、小田茂一『流用アート論　一九一二―二〇一一年』（二〇一一・七、青弓社）。

16――山田馨「谷川俊太郎年譜」（谷川俊太郎・山田『ぼくはこうやって詩を書いてきた　谷川俊太郎、詩と人生を語る』、二〇一〇・七、ナナロク社）、二七六ページ。

17――谷川俊太郎・尾崎真理子『詩人なんて呼ばれて』（二〇一七・一〇、新潮社）、一〇ページ。

18――谷川俊太郎・田原・山田兼士「新詩集『minimal』をめぐって」（『谷川俊太郎《詩》を語る　ダイアローグ・イン・大阪2000〜2003』、二〇〇三・六、澪標）、一一五ページ。

19――佐々木敦『「4分33秒」論　「音楽」とは何か』（二〇一四・六、Pヴァイン）、一六七ページ。

20――沼野雄司『現代音楽史　闘争しつづける芸術のゆくえ』（二〇二一・一、中公新書）、一三二ページ。

21――ジョン・ケージ「変化」（前掲）、四九ページ。

22――「谷川俊太郎書簡インタビュー」（質問者＝田原、田原編『谷川俊太郎詩選集』3、二〇〇五・八）、二六一ページ。同インタビューは谷川・田・山田兼士『詩活の死活　この時代に詩を語るということ』（二〇二〇・一一）にも再録されている。

ちなみに谷川は前述の「自作を語る」においては、『六十二のソネット』に触れて、ソネット形式を選んだのは「青春といういわば混沌としたエネルギーの塊が、本能的に自ら欲した形であると簡単に考えている。いわば一種のダムのようなもので、のべつ垂れ流しになりかねない過剰なものを、そこでとにかく形のある流れにしようとしたのである」と述べていた（前掲、五九ページ）。

第1章　言葉の形而上絵画――谷川俊太郎『六十二のソネット』

1――吉本隆明「戦後詩人論」（『詩学』一九五六・七、『吉本隆明全著作集』7、一九六八・一一、勁草書房）、一〇九ページ。吉本の挙げる「第三期の戦後派詩人」は、中村稔・大岡信・谷川・山本太郎・飯島耕一・高野喜久雄・牟礼慶子・中江俊夫・清岡卓行・谷川雁・茨木のり子ら。なお、『現代詩手帖』（二〇〇四・一〇）は、「[第三期]の詩人――飯島耕一・大岡信・谷川俊太郎・入澤康夫」の特集を組んでいる。

2――大岡信『蕩児の家系　日本現代詩の歩み』（一九六九・四、思潮社）。大岡が「感受性の祝祭の時代」の詩人として数えるのは、川崎洋・茨木・谷川・友竹辰・水尾比呂志・中江・岸田衿子・吉野弘・堀川正美・山口洋子・山田正弘・江森国友・飯島・岩田宏・安永稔和・嶋岡晨・入澤康夫ら。同書の意義については、野沢啓「危機のクリティック――大岡信の戦後詩史論」（『蕩児の家系　日本現代詩の歩み』復刻新版、二〇〇四・七、思潮社）参照。また「感受性の祝祭の時代」の詩人と前記「第三期の戦後派詩人」の問題を総合的に論じた、山本哲也「紙の上の祝祭――『第三期』の詩人たちの変容」も参照（前掲『現代詩手帖』二〇〇四・一〇）。

3――大岡信『蕩児の家系　日本現代詩の歩み』（引用した版は一九七五・一、思潮社）、二二六ページ。

4――同。

5――『六十二のソネット』の本文は、谷川俊太郎『62のソネット＋36』（二〇〇九・七、集英社文庫）による。同書の「本書について」には、「『62のソネット』は一九五三年十二月東京創元社発行の初版を底本に、著者所蔵の自筆ノートを参照して改訂を加えた」と記されている。

6――谷川俊太郎「自作を語る」（『詩学』一九五七・七、『世界へ！』、一九五九・一〇、弘文堂、『沈黙のまわり　谷川俊太郎エッセイ選』、二〇〇二・八、講談社文芸文庫）、五八〜六一ページ。

7――谷川俊太郎「あふれるもの」（『愛のパンセ』、一九五七・九、実業之日本社、『愛について／愛のパンセ』、二〇一九・八、小学館文庫）、二九六ページ。

8――大岡信「解説」（『空の青さをみつめていると　谷川俊太郎詩集1』、一九六八・一二、角川文庫）、三五六〜三五七ページ。同「解説」は、大岡『現代詩人論』（一九六九・二、角川選書）にも「谷川俊太郎」と題して収録。

9――谷川俊太郎・山田馨『ぼくはこうやって詩を書いてきた　谷川俊太郎、詩と人生を語る』（二〇一〇・七、ナナロク社）、九四〜九五ページ。

10――谷川俊太郎「ロングインタビュー　『二十億光年の孤独』からはじめて」（聞き手・四元康祐、『現代詩手帖』二〇〇七・四）では、この件について、四元が「ただ、ⅠⅡⅢとずっと読んでいって、そこで人がすごくなまなましくなったという印象はないですね」と問うと、谷川が「もちろんそうです。［……］つまり男女の関係をソーシャルじゃなくて完全にコスミックなものとしてましたね」と答えている。

11――入澤康夫『詩の構造についての覚え書　ぼくの〈詩作品入門〉』（一九六八・二、思潮社、引用は一九七〇・九、思潮社）、五四ページ。同書の意義については、野沢啓「表現論という問いをめぐって」（『隠喩的思考』、一九九三・一一、思潮社）参照。

12――谷川俊太郎『62のソネット＋36』（前掲）の「本書について」には、次の記述がある。「自筆ノートには、最初のページに『一九五二年四月／一九五三年八月』という日付があり、全部で九十八篇のソネットが清書されている。各詩篇には番号が付されており、タイトルの付いているものもある」。同書には『六十二のソネット』に採られた六二編のほかに、自筆ノートから残りの三六編が収録されている。

13――『62のソネット＋36』の目次には、「〇詩篇の番号について／著者所蔵の自筆ノートに記された詩篇の順番を表す番号を、目次に添えた」と注記があり、すべての詩に番号が付記されている。

14――同目次による。

15――同目次による。たとえば、「6 朝1」と「7 朝2」は、『六十二のソネット』では連作のように見えるが、自筆ノートでは順に三三番目と六番目であり、当初は連作として制作されたものではない。しかし、編集された結果として連作とされたことは、そこに何らかの構成意識が働いたと考えることもできる。ちなみに、「16 朝3」は、自筆ノートでは三七番目であった。

16――同目次による。

17――「Ⅱ」を構成する詩は、自筆ノートの五二番から八八番までの詩であり、途中他の場所に移された詩があるものの、概ね順番に配置されている。倒置法が少ないなどの文体的特徴は、この連続性とも関係するものだろうか。「Ⅰ」は特に配列上の入れ替えが甚だしい。

18――「Ⅲ」で倒置法が用いられているのは、「49」「50」「52」「54」「55」「56」「59」「61」「62」である。「Ⅲ」も自筆ノートの八二番から九一番までの詩が、一部に入れ替えがあるものの概ね順番通りに配列されている。

19――前掲『ぼくはこうやって詩を書いてきた』、九四ページ。インタビュー「もうすぐ詩を書き始めて七十年になる」（『新潮45』二〇一五・三）、および吉田文憲との対談「立原道造と私たち　言葉を巡って」（『現代詩手帖』二〇一五・二）においても、溢れてくる言葉を器に入れるために、ソネットの形式を立原から学んだという意味のことが述べられている。

20――菅谷規矩雄「幸福な詩人の不幸な詩――立原道造」（『近代詩十章』、一九八二・一〇、大和書房）。

21――中村三春「故郷　異郷　虚構――『故郷を失つた文学』の問題」（二〇一五・二、ひつじ書房）。

22――マルティン・ハイデッガー「帰郷――近親者に寄す」（一九四四、手塚富雄訳、ハイデッガー選集3、『ヘルダーリンの詩の解明』、一九六二・六、理想社）、三三ページ。

23――菅野昭正『詩学創造』（一九八四・八、集英社）。

24――提喩の理論については、中村三春「争異するディスクール――『銀河鉄道の夜』」（『修辞的モダニズム　テクスト様式論の試み』、二〇〇六・五、ひつじ書房）参照。

25――「神」の語が用いられている詩は次の通りである。「1 木陰」「2 憧れ」「5 偶感」「9 困却」「10 知られぬ者」「11 沈黙」「12 廃墟」「13 今」「14 野にて」「16 朝3」「31」「38」。

26――詳細は中村三春「立原道造の Nachdichtung」（『フィクションの機構』、一九九四・五、ひつじ書房）参照。

27――前掲『愛について／愛のパンセ』、一七二ページ。なお、『アポカリプス論』の邦訳は、D・H・ロレンス『現代人は愛しうるか　アポカリプス論』（福田恆存訳、一九六五・一一、筑摩叢書）。

28——前掲『ぼくはこうやって詩を書いてきた』、一〇四～一〇六ページ。

29——大岡玲「世界が私を愛してくれるので……(『六十二のソネット』)」(『國文學　解釈と教材の研究』一九九五・一一)。

第2章　現代芸術としての詩——谷川俊太郎『定義』『コカコーラ・レッスン』『日本語のカタログ』

1——詳細は中村三春「谷川俊太郎——テクストと百科事典」(『フィクションの機構2』、二〇一五・二、ひつじ書房)で述べた。

2——谷川俊太郎・大岡信『批評の生理』(一九七七・九、エッソ・スタンダード石油株式会社広報部、一九八四・三、思潮社)、五四～五五ページ。

3——河本真理『切断の時代　20世紀におけるコラージュの美学と歴史』(二〇〇七・一、ブリュッケ)、五ページ。

4——同。

5——『コカコーラ・レッスン』所収の作品は次の通りである。「Venus 計画」「未定稿」「(何処(いずこ))」「触感の研究」「一日」「写真展の印象」「新年会備忘」「『飢餓』のためのメモランダ」「コカコーラ・レッスン」「小母さん日記」「質問集」「質問集続」「ロールシャハ・テスト図版Ｉ」「タラマイカ偽書残闕」。

6——『タラマイカ偽書残闕』は、一九七八年四月に書肆山田から先行して出版されたが、初めは一九七四年一月に私家版として作られた。

7——中村三春「安西冬衛——『渇ける神』の可能世界」(『フィクションの機構2』、前掲)参照。

8——『日本語のカタログ』所収の作品は次の通りである。「日本語のカタログ」「アルカディアのための覚書(部分)」「彼のプログラム」「眠りから眠りへ」「散文詩」「Ｋ・ｍに」「水読み」「1:1」「女への手紙」「展墓」「石垣」「画廊にて」「モーツァルト、モーツァルト！」「少女劇画の一場面のためのエスキス」「うぇーべるん」「玄関に若い女のひとが……」「人達」「いろは練習」。

9——山田馨「谷川俊太郎年譜」（谷川俊太郎・山田『ぼくはこうやって詩を書いてきた　谷川俊太郎、詩と人生を語る』、二〇一〇・七、ナナロク社）参照。

10——この10刻みの数字は、プログラミング言語BASICの行番号を模しているように見える。BASICはかつて、パーソナル・コンピューターに標準でインストールされ、TVでも入門講座が放映されていた。当時のBASICは行番号が必須であり、エディター入力の場合、リターンキーを押すと自動で次の行番号が10刻みで示され、また手動で入力すれば、141や171など任意の行にもコードを記すことができた。

11——ちなみに、谷川俊太郎「一東京人の住・私史」（谷川『「ん」まであるく』、一九八五・一〇、草思社、初出・谷川責任編集『平凡社カルチャーtoday 3　住む〈ふるさと〉の環境学』、一九七九・一一、平凡社）には、「〈自伝風の断片〉（一九六九より）」として、小学生の時に「冨山房の百科辞典（ママ）」を見て、「〈畸型〉という項の写真版が特に私を魅惑する。背中のくっついたシャム双生児、こびと、頭だけの胎児、六本の指——恐怖は無い。むしろ私はかすかなエロティシズムを感じている。私はうしろめたい」という記述がある（『「ん」まであるく』、一三三ページ）。

12——大岡信「詩と自己表現——アンソロジスト、またはエディターとしての詩人」（『現代詩手帖』一九八五・二、「特集　日本語のカタログ」）。

13——北川透「カタログという戦略」（同）。

14——佐藤信夫「ことばとカタログ」（同）。

15——秋山さと子「ブリコラージュ・詩・箱庭療法」（同）。

16——辻井喬「『言葉とは何か』という問いへ」（同）。

17――谷川俊太郎「実作のカタログ」（岩波叢書『文化の現在』I、一九八一・三、岩波書店、『ことばを中心に』、一九八五・五、草思社）、一九〇ページ。

18――同、二〇七〜二〇八ページ。

19――谷川俊太郎「ことばあそびの周辺」（『言語』一九七五・二、前掲『ことばを中心に』）、二三六ページ。

20――同、二三七ページ。

21――谷川俊太郎「詩・散文・現実」（『教室の窓』一九七三・三、同）、二四八ページ。

22――森美術館10周年記念展『アンディ・ウォーホル展 永遠の15分』（二〇一四・五、美術出版社デザインセンター）では一八八ページに掲載。同書所収のアンディ・ウォーホル美術館・登久希子編「アンディ・ウォーホル年譜」の一九八三年の項には、「日本の現代版画センターが企画した『アンディ・ウォーホル全国展』が東京のパルコで開催される。ウォーホルに新作版画のエディション《Kiku》の制作を依頼し、『絶滅危惧種』『神話』『20世紀の10人のユダヤ人』など80年代の新作版画シリーズや、『マリリン』『キャンベル・スープ缶』を展示。本展覧会は1年をかけて日本全国約50カ所に巡回」と記されている（二七七ページ）。

23――「画廊にて」3における「ピンポン」は、一九七〇年代に中国が繰り広げたいわゆる「ピンポン外交」への言及とも見られる。

24――アンディ・ウォーホル展カタログ編集委員会編『アンディ・ウォーホル展 1983〜1984 カタログ』（一九八三・六、現代版画センター）。「アフリカ象」は同書一五ページに掲載され、「１９８３年 紙にシルクスクリーン 96・5×96・5㎝ 限定150部」と記されている。

25――キナストン・マクシャイン編『ウォーホル画集』（日本語版監修・東野芳明、一九九〇・一〇、リブロポート）所収のマージュリ・フランケル・ネーサンソン「年譜」には、一九六九年の項に次のように記されている。「6月3日、S.C.U.M（男性を切り刻む会）の創設者で唯一の会員のバレリー・ソラニスがザ・ファクトリーでウォーホルを狙撃。［……］ウォーホルは数時間の手術を受け、危うく一命を取りとめた」（四一四ページ）。また、ジョゼフ・D・ケットナー二世『アンディ・ウォーホル』（藤村奈緒美訳、二〇一四・五、青幻舎）には、この銃撃事件の詳細な記事がある（三七ページ）。

26——椹木野衣『増補　シミュレーショニズム』（二〇二〇・一二、ちくま学芸文庫）。ちなみに、美術手帖編『現代アート事典　モダンからコンテンポラリーまで——世界と日本の現代美術用語集』（二〇〇九・三、美術出版社）の楠見清解説による「ネオ・ポップ／シミュレーショニズム」の項には、「シミュレーショニズム」について次のように述べられている（一〇一ページ）。

> 80年代末にジャン・ボードリヤールのシミュラークル理論などポスト・モダニズムを思想的背景として展開された美術動向。当初は狭義で「ネオ・コンセプチュアリズム」とも呼ばれ、ネオ・ジオの芸術家ピーター・ハリーや、批評家のダグラス・クリンプ、ハル・フォスター、クレイグ・オーウェンスらによって理論構築された。
>
> あらゆるものが記号化した現代社会をハイパーリアルなシミュレーション世界としてとらえ直し、芸術におけるオリジナルとコピーの主従関係を反転した結果、美術史上の名作を自覚的にアプロプリエーション（盗用）してみせたマイク・ビドロやシェリー・レヴィン、誰もが見慣れたマールボロの広告を模写することでその記号性を抽出してみせたリチャード・プリンス、街頭のビルボード広告や電光掲示板を媒体にして大衆社会の矛盾を浮き彫りにしたバーバラ・クルーガーやジェニー・ホルツァーなど、知的かつ皮肉的な表現が展開され、世界中の美術メディアで注目を集めた。イタリアの評論家ジェルマーノ・チェラントはこれらアメリカの芸術家に同じ傾向のヨーロッパの新進作家を加えて『アンエクスプレッショニズム』（非表現主義）と名付けた本を編纂したほか、日本では89年から91

年にかけて『美術手帖』の編集者をしながら評論家としての活動を始めた椹木野衣によって、シミュレーショニストたちの紹介と分析が同時に急ピッチで進められた。

27――小田茂一『流用アート論　一九一二―二〇一一年』（二〇一一・七、青弓社）。同書の「はじめに」には、「流用（アプロプリエーション appropriation）に基づいた作品制作」について、その原点は一九一二年頃のピカソ、ブラックなどキュビストによるコラージュや、一九一三年頃のデュシャンによるレディ・メイドであるとして、次のように述べられている（一一～一二ページ）。

今日につながるこのアートのスタイルは、まず既製品を流用する「レディ・メイド」や印刷物の断片を流用する「コラージュ」作品から始まり、大量消費される「日用品」や「工業資材」、「場」「身体」「写真」「名画」「情報」「廃棄物」、そして自分自身を流用して何者かになりきることなど、あらゆるものを流用するという手法によってメッセージへと置き換えるさまざまな表現を通して展開されたのである。

またそこからさらに、「流用されたもの」を流用していくことによる作品も生まれていく。こうしてアート表現とは、既にある何かにメッセージを込めながら流用することによって、次の新しいスタイルへと継承されるものになったのである。すべてのアート作品は、「流用」という関係的概念によって評価されるものへと変化した。

28――「泉」は、「噴水」という訳も考案されている。平芳幸浩・京都国立近代美術館編『百年の《泉》――便器が芸術になるとき』（二〇一八・四、LIXIL出版）参照。

29――第二次テクストのこのような性質に関する考察としては、中村三春「第二次テクスト理論の国際的射程――映画『神の子どもたちはみな踊る』と『薬指の標本』」（『〈原作〉の記号学　日本文芸の映画的次元』、二〇一八・二、七月社）参照。

30――谷川俊太郎の写真詩集全般については、山田兼士「〈写真〉の詩学――『絵本』から『写真ノ中ノ空』まで」（『谷川俊太郎の詩学』、二〇一〇・七、思潮社）参照。

31――山田馨「谷川俊太郎年譜」（前掲、七一九ページ）。

32――谷川俊太郎『写真』（二〇一三・二、晶文社）所収の飯沢耕太郎「『小鳥が枝にとまるように』谷川俊太郎の写真」（一二九ページ）などによる。なお、谷川の『写真』は、五二編のテクストと写真を見開きに配した写真集であり、その「41」には、街並みの写真と「西武古書展示即売会目録」（西武百貨店）の写真とを組み合わせた『SOLO』の五六・五七ページを撮影した写真が置かれている。「41」のテクストには「三十年前にも新宿のマンションのワンルームで、こうして独りで写真を撮っていた。人生のほとんどは繰り返しで成り立っているのだと気づく。撮ろうとする対象も、その切り取り方も、ともするとリフレインしてしまう」とあり、『写真』が『SOLO』の一種の「リフレイン」であることが示唆されている。

33――DVD『寺山修司&谷川俊太郎　ビデオ・レター』（二〇〇九・五、アートデイズ）。完成は一九八三年六月。その内容は、写真入りのテクストとして寺山修司『寺山修司イメージ図鑑』（一九八六・五、フィルムアート社）に収録された（原文横組）。

34――同、二七四〜二七五ページ。

35――同、二七一ページ。

36――小田『流用アート論』（前掲）、一四ページ。

37――谷川俊太郎・大岡信・武満徹『往復書簡　詩と世界の間で』（一九八二・八・一〇付、一九八四・三、思潮社）、一五三ページ。ちなみに詩「日本語のカタログ」は、『現代詩手帖』一九八二・一初出。

なお、谷川の写真詩集としては、『SOLO』『写真』のほかに、自らの写真を挿入した『絵本』（一九五六・九、的場書房、二〇一〇・八、澪標)、写真家の荒木経惟と組んだ『やさしさは愛じゃない』(一九九六・七、幻冬舎)、同じく『写真ノ中ノ空』(二〇〇六・一二、アートン)、同じく田淵章三と組んだ『子どもたちの遺言』(二〇〇九・一、佼成出版社)、伴田良輔撮影の乳房写真に詩を寄せた『mamma まんま』(二〇一一・一、徳間書店)などもある。

第3章　翻訳とひらがな詩——谷川俊太郎のテクストにおける触発の機能

1——谷川俊太郎「インタビュー　言葉への通路・私への通路」(『現代詩手帖』一九八五・二)。

2——谷川俊太郎「実作のカタログ」(岩波叢書『文化の現在』Ⅰ、一九八一・三、岩波書店、『ことばを中心に』、一九八五・五、草思社)、二〇七〜二〇八ページ。

3——谷川俊太郎「世界へ!　an agitation」(『ユリイカ』一九五六・一〇、『世界へ!』、一九五九・一〇、弘文堂)。引用は『沈黙のまわり　谷川俊太郎エッセイ選』(二〇〇二・八、講談社文芸文庫)、四〇ページ、または『詩を考える　言葉が生まれる現場』(二〇〇六・六、思潮社、詩の森文庫)、七一ページ。

4——谷川俊太郎「ことばあそびの周辺」(『言語』一九七五・二)。引用は『ことばを中心に』(一九八五・五、草思社)、二三六〜二三七ページ、または『詩を書く　なぜ私は詩をつくるか』(二〇〇六・三、思潮社、詩の森文庫)、一三五〜一三七ページ。

5——谷川俊太郎・尾崎真理子『詩人なんて呼ばれて』(二〇一七・一〇、新潮社)、二九一ページ。

6——「私」および「世間知ラズ」の解釈については、中村三春「谷川俊太郎——テクストと百科事典」(『フィクションの機構2』、二〇一五・二)においても論じている。

7——宮澤賢治の文芸様式の根幹に「コロイド=モナド宇宙観」を看取したのは、大塚常樹『宮澤賢治　心象の宇宙論(コスモロジー)』(一九九三・八、朝文社)の高い功績である。

8――谷川俊太郎『詩を書くということ　日常と宇宙と』（二〇一四・六、PHP研究所）、六五～六六ページ。本書は二〇一〇年六月にNHKの番組で行われたインタビューを基にしている。

9――同、八四ページ。

10――山田馨「谷川俊太郎年譜」（谷川俊太郎・山田『ぼくはこうやって詩を書いてきた　谷川俊太郎、詩と人生を語る』、二〇一〇・七、ナナロク社）。

11――同、二七六・二七九ページ。

12――なお、それ以前に谷川訳の『フレデリック　ちょっとかわったのねずみのはなし』と、『せかいいちおおきなうち　りこうになったかたつむりのはなし』が、日本パブリッシングからそれぞれ一九六七年と六八年に刊行されている。

13――谷川俊太郎・山田馨『ぼくはこうやって詩を書いてきた』（前掲）、三〇六ページ。なお、谷川によるマザー・グースの翻訳は、『マザー・グースのうた』全五集（一九七五・七～一九七七・一一、草思社）、および『マザー・グース』全四冊（一九八一・七～一〇、講談社文庫）を参照。

14――リチャード・スカーリー『スカーリーおじさんのマザー・グース』（一九七〇・一一、中央公論社、**Richard Scarry**, *Richard Scarry's best Mother Goose ever*）。同書の附録の表紙には「リチャード・スカーリーの決定版マザー・グース〈日本語対訳テキスト〉谷川俊太郎訳」と記載されている。

15――鈴木直子「谷川俊太郎のマザー・グース翻訳の比較」（『マザーグース研究』7、二〇〇五・一二）。

16――谷川俊太郎・山田馨『ぼくはこうやって詩を書いてきた』（前掲）、三〇七ページ。

17――谷川俊太郎「マザー・グース　読みかた読まれかた」（『週刊読書人』一九七五・一二・二二）。引用は『ことばを中心に』（前掲）、二四四ページ、または『詩を読む　詩人のコスモロジー』（二〇〇六・九、思潮社、詩の森文庫）、一八ページ。

18——山田兼士「〈絵本〉の詩学——『由利の歌』から『赤ちゃんから絵本』まで」(『谷川俊太郎の詩学』、二〇一〇・七、思潮社)、二〇八ページ。

19——水間千恵「子どもの言葉を育む教材としての積み上げうた絵本の可能性——谷川俊太郎・作、和田誠・絵『これはのみのぴこ』について」(『川口短大紀要』30、二〇一六・一二)。

20——ジュリア・クリステヴァ『ポリローグ』(一九七七、足立和浩訳、一九八六・五、白水社)。

21——谷川俊太郎・山田馨『ぼくはこうやって詩を書いてきた』(前掲)、三八九ページ。

22——同、六三四ページ。

23——谷川俊太郎・田原・山田兼士『谷川俊太郎《詩》を語る　ダイアローグ・イン・大阪2000〜2003』(二〇〇三・六、澪標)、三二ページ。

24——谷川俊太郎・尾崎真理子『詩人なんて呼ばれて』(前掲)、三三〇〜三三一ページ。

25——谷川俊太郎『ひとりひとりすっくと立って　谷川俊太郎・校歌詞集』(二〇〇八・一〇、澪標)には、発行当時までに作られた全一四〇編の校歌のうち四四編が収録されている。他に、六六編を輯めた唱歌詩集『谷川俊太郎　歌の本』(二〇〇六・一一、講談社)がある。

26——林光「校歌こう書こうか——職人・谷川俊太郎」(『現代詩手帖』一九八五・二、特装版現代詩読本『谷川俊太郎のコスモロジー』、一九八八・七、思潮社)。

27——谷川俊太郎・尾崎真理子『詩人なんて呼ばれて』(前掲)、一〇ページ。

28——中村三春「谷川俊太郎——テクストと百科事典」(前掲)で詳述している。

29——北川透「幸福感という秘密——谷川俊太郎の〈私〉」(『現代詩手帖』二〇〇八・四)。

30——四元康祐「〈言語本位〉の稜線——『定義』から『コカコーラ・レッスン』『日本語のカタログ』へ」(『谷川俊太郎学　言葉vs沈黙』、二〇一一・一二、思潮社)、三〇三ページ。

31――秋山さと子「ブリコラージュ・詩・箱庭療法――心の『いやし』の新しい可能性」(『現代詩手帖』一九八五・二、前掲『谷川俊太郎のコスモロジー』)。

32――クロード・レヴィ＝ストロース「具体の科学」(『野生の思考』、一九六二、大橋保夫訳、一九七六・三、みすず書房)。

33――大岡信・谷川俊太郎『詩の誕生』(『エナジー対話』1、一九七五・五、エッソスタンダード、一九七五・一〇、読売新聞社、二〇〇四・七、思潮社)、七二・七五～七六ページ。

34――谷川俊太郎・山田馨『ぼくはこうやって詩を書いてきた』(前掲)、四八九ページ。

35――望月あすか「詩と絵画について――谷川俊太郎とパウル・クレー」(『国際関係・比較文化研究』4―1、二〇〇五・九)。

36――岡田和也「クレーへの重奏――詩人はクレーのように、クレーは詩人のように」(『岡山大学大学院教育学研究科研究集録』149、二〇一二・二)。

37――谷川俊太郎「発語の根はどこにあるのか」(『現代詩手帖』一九七二・一、前掲『詩を考える』)、八一ページ。

第4章　ひらがなの天使（上）――谷川俊太郎『モーツァルトを聴く人』『クレーの絵本』『クレーの天使』

1――谷川俊太郎・尾崎真理子『詩人なんて呼ばれて』(二〇一七・一〇、新潮社)、二九一ページ。

2――『モーツァルトを聴く人』所収の作品は次の通りである。「そよかぜ 墓場 ダルシマー」「つまりきみは」「どけよ猫」「ザルツブルグ散歩」「ふたつのロンド」「なみだうた」「人を愛することの出来ぬ者も」「アリゾナのモーツァルト」「オレゴンの波」「問いと満足」「ラモーが小鳥の羽ばたきと囀りを聞いて」「このカヴァティーナを」「コーダ」「浄土」「地べた」「Hotel Belvoir, Rüschlikon」「Quai Braudy」「TGV à

Marseille」「モーツァルトを聴く人」。なお、『モーツァルトを聴く人』からの引用は文庫版（二〇一二・一、小学館）による。

また附属CD『モーツァルトを聴く人　*A Man Who Listens to Mozart*』の内容は次の通りである（演奏家情報省略、原文リスト横組）。[1]モーツァルト：ピアノ・ソナタ第11番イ長調 **K.331**「トルコ行進曲つき」：第1楽章（主題）[2]詩「そよかぜ　墓場　ダルシマー」[3]モーツァルト：クラリネット五重奏曲イ長調 **K.581**：第2楽章　[4]詩「つまりきみは」[5]モーツァルト：歌曲「すみれ」**K.476**　[6]詩「どけよ猫」[7]モーツァルト：歌劇「魔笛」**K.620**：パミーナのアリア「愛の喜びは露と消え」[8]詩「ザルツブルグ散歩」[9]詩「ふたつのロンド」～モーツァルト：ロンド ニ長調 **K.485**／イ短調 **K.511**（部分）[10]詩「なみだうた」～モーツァルト：モテット「アヴェ・ヴェルム・コルプス」**K.618**　[11]詩「人を愛することの出来ぬ者も」[12]モーツァルト：ピアノ協奏曲第15番変ロ長調 **K.450**：第2楽章　[13]詩「アリゾナのモーツァルト」[14]モーツァルト：歌劇「ドン・ジョヴァンニ」**K.527**：ツェルリーナのアリア「恋人よ、さあこの薬で」（薬屋の歌）[15]詩「このカヴァティーナを」[16]ベートーヴェン：弦楽四重奏曲第13番変ロ長調 作品130：第5楽章（カヴァティーナ）[17]詩「コーダ」[18]詩「地べた」[19]モーツァルト：「レクイエム」**K.626**：「ラクリモサ」[20]詩「モーツァルトを聴く人」。

3――谷川俊太郎「後記」（『谷川俊太郎詩集』、一九六五・一、思潮社）、七七五ページ。

4――『クレーの絵本』所収の詩は次の通りである。対応するクレーの作品がある場合は、詩の題名に付されたその題名と成立年を付記する。「*Paul Klee* に　愛」「雪の降る前　**Vor dem Schnee 1929**」「階段の上の子供　**Kind an der Freitreppe 1923**」「黒い王様　**Schwarzer Fürst 1927**」「ケトルドラム奏者　**Der Paukenspieler 1940**」「まじめな顔つき　**Ernste Miene 1939**」「黄色い鳥のいる風景　**Landschaft mit gelben Vögeln 1923**」「*Paul Klee* に　在るもの」「線」「選ばれた場所　**Auserwählte Stätte 1927**」「あやつり人形劇場　**Puppenthe-**

ater 1923」「幻想喜歌劇『船乗り』から格闘の場面 Kampfszene aus der komisch-phantastischen Oper 'Der Seefahrer' 1923」「死と炎 Tod und Feuer 1940」「黄金の魚 Der Goldfisch 1925」。このうち、「在るもの」と「線」は見開き二ページの左右にそれぞれ配置され、右ページの右上に「*Paul Klee* に」と一箇所だけ記載されている。この記載方法は、巻頭の「愛」も同様である。

　ちなみに、『夜中に台所でぼくはきみに話しかけたかった』（一九七五・九、青土社）の所収作品は次の通りである。「芝生」「夜中に台所でぼくはきみに話しかけたかった」「一九六五年八月十二日木曜日」「ニューヨークの東二十八丁目十四番地で書いた詩」「My Favorite Things」「干潟にて」「シェークスピアのあとに」「ポール・クレーの絵による『絵本』のために」。

5――『クレーの天使』の所収詩は次の通りである。詩の題名に付された、対応するクレーの作品の題名と成立年を付記する。なお、クレー作品の原題は、『クレーの絵本』ではローマン体、『クレーの天使』ではイタリック体で表記されているが、本書では便宜上、ローマン体に統一した。「天使とプレゼント der Engel und die Bescherung 1939」「天使、まだ手探りしている Engel, noch tastend 1939」「天使というよりむしろ鳥 mehr Vogel（als Engel）1939」「泣いている天使 es weint 1939」「醜い天使 hässlicher Engel 1939」「幼稚園の天使 Engel im Kindergarten 1939」「おませな天使 altkluger Engel 1939」「忘れっぽい天使 Vergesslicher Engel 1939」「希望に満ちた天使 Engel voller hoffnung 1939」「用心深い天使 wachsamer Engel 1939」「天使の岩 der Fels der Engel 1939」「現世での最後の一歩 letzter Erdenschritt 1939」「天使の危機Ⅰ Krise eines Engels I 1939」「ミス・エンジェル Miss-engel 1939」「哀れな天使 armer Engel 1939」「老いた音楽家が天使のふりをする ein alter Musiker tut engelhaft 1939」「未熟な天使 unfertiger Engel 1939」「鈴をつけた天使 Schellen-Engel 1939」。

6――望月あすか「詩と絵画について――谷川俊太郎とパウル・クレー」（『国際関係・比較文化研究』4―1、

二〇〇五・九）。

7——岡田和也「クレーへの重奏——詩人はクレーのように、クレーは詩人のように」（『岡山大学大学院教育学研究科研究集録』149、二〇一二・二）。

8——谷川俊太郎・田原・山田兼士『谷川俊太郎《詩》を語る　ダイアローグ・イン・大阪2000～2003』（二〇〇三・六、澪標）、四九ページ。

9——パウル・クレー「線描芸術（グラーフィック）について——創造的信条告白」（Paul Klee, "Schöpferische Konfession", 1920、岸野悦子訳、土肥美夫編『表現主義の美術・音楽　ドイツ表現主義4』、一九七一・六、河出書房新社）、一七一ページ。

10——パウル・クレー『造形思考』上下（Paul Klee, *Das Bildnerische Denken*, Benno Schwabe & Co. Verlag, Basel, 1956, Switzerland、土方定一・菊盛英夫・坂崎乙郎訳、一九七三・五、新潮社、二〇一六・五、ちくま学芸文庫）。ちくま学芸文庫版上巻の一六二ページより「創造についての信条告白」の章が展開される。

11——イングリッド・リーデル『クレーの天使　変容する魂』（Ingrid Riedel, *Engel der Wandlung*, Verlag Herder, Freiburg, 2002, Germany、三宅桂子訳、二〇〇四・一、青土社）。

12——パウル・クレー『クレーの日記』（Paul Klee, *Tagebücher 1898-1918*, bearbeitet von Wolfgang F. Kelsten, Verlag Gert Hatje, Stuttgart, Germany、1988、ヴォルフガング・F・ケルステン編、高橋文子訳、二〇一八・五、みすず書房）。

13——文庫版『モーツァルトを聴く人』（前掲）は、詩集『モーツァルトを聴く人』所収詩と、絵本『ピアノのすきなおうさま』（谷川作、堀内誠一絵、『ピアノ小読本』、一九八一・一一、YAMAHA）、それにモーツァルトや音楽に関係する谷川の詩二四編を収録している。谷川のエッセー集『散文』（一九七二・一一、晶文社）には「聴く」のセクションがあり、同じく『風穴をあける』（二〇〇二・一、草思社）には

「武満徹」の章がある。
谷川俊太郎『聴くと聞こえる on Listening 1950−2017』(二〇一八・二、創元社)は、「聴く」ことをめぐる詩とエッセーのアンソロジーで、『モーツァルトを聴く人』から「このカヴァティーナを」、『クレーの絵本』から「ケトルドラム奏者」が入っている。堀内誠一・谷川『音楽の肖像』(二〇二〇・一一、小学館)は、堀内の遺した二八人の作曲家に関するエッセーに、谷川が三二編の詩をつけたものである。その最初と最後にモーツァルトに関する章があり、谷川は『モーツァルトを聴く人』より「人を愛することの出来ぬ者も」と「つまりきみは」、それに「魂に触れる」(『詩の本』、二〇〇九・九、集英社)を寄せている。

14——谷川徹三「ベートーヴェン体験」(谷川俊太郎編『愛ある眼　父・谷川徹三が遺した美のかたち』、二〇〇一・一〇、淡交社)、二二二ページ。

15——前田富士男『パウル・クレー　造形の宇宙』(二〇一二・一〇、慶應義塾大学出版会)。

16——前田富士男「結晶としての造形——クレーとモデルネ」(同書)、九七ページ。

17——ピエール・ブーレーズ『クレーの絵と音楽』(Pierre Boulez, *Le pays fertile Paul Klee*, Éditions Gallimard, Paris, 1989、笠羽映子訳、一九九四・六、筑摩書房)、四六〜四七ページ。

18——詳細は中村三春「『色は遂に独立するに至つた』　有島武郎文芸の芸術史的位置」(『新編　言葉の意志　有島武郎と芸術史的転回』、二〇一一・二、ひつじ書房)参照。

19——竹内敏雄『アリストテレスの藝術理論』(一九五九・三、弘文堂)、および『現代藝術の美學』(一九六七・六、東京大学出版会)。

20——竹内敏雄『現代藝術の美學』(前掲)には次の記述がある(一四九〜一五一ページ)。

芸術のみが真に美的—技術的存在であり、「ポエジー」と「クンスト」といふ(ママ)ような両極的契機の綜合は厳密な意味では芸術に対してのみ妥当するのであつて、美的存在一般の規定ではありえない。
　かうして自然美が芸術美から区別され、これに関連して美的なるものは芸術的なるものの構造規定によつては律せられないとすれば、テクネーを排してテュケーにたよらうとする偶然性の芸術が、芸術の概念にかなつた真正な芸術ではないにもかかはらず、一種の美的効果をあらはしうるといふ、一見奇異な事態を理解することができるであらう。〔……〕芸術においては天才が一面では自然のやうに無意識的に、非意図的に美を創造するのであるが、モビールのやうな場合は自然そのものが作品を快適な運動にもたらしてその美を助成するのである。その運動は草木が風になびきそよぐのと同様に real な現象であり、一般に自然美が偶然的に生成するのとおなじ意味での偶然性をもつて、美的対象としてあらはれるのである。それだから、運動する彫刻なるものは、空間的形像それ自身としては一個の造形的芸術品であるにしても、その運動に関してはもはや芸術本来の領域のそとに逸脱し、自然美の領域に帰属するといふべきであらう。〔……〕
　さてまた風鐸の発する音の美しさが自然美に属するとすれば、おなじく音の世界においてチャンス・オペレーションに美的効果を託する音楽こそ、それと類比的に説明されるであらう。

21――ジャック・アタリ『音楽／貨幣／雑音』（Jacques Attali, *Bruits, Essai sur l'economie politique de la musique*, Presses Universitaire de France, Paris, 1977、金塚貞文訳、一九八五・九、みすず書房）。なお、雑音・偶然・例外の、文芸および文芸研究との関わり、さらに竹内敏雄の美学における偶然の位置づけについては、中村三春「序説・雑音調文芸学」（『iichiko』156、二〇二二・一〇）を参照のこと。

第5章　ひらがなの天使（下）――谷川俊太郎におけるクレーとモーツァルト

1――谷川俊太郎「リズムについての断片」（『短歌研究』一九五六・六、『世界へ！』、一九五九・一〇、弘文堂）。引用は、『沈黙のまわり　谷川俊太郎エッセイ選』（二〇〇二・八、講談社文芸文庫）、九四ページ、または『詩を考える　言葉が生まれる現場』、二〇〇六・六、思潮社、詩の森文庫）、一六三ページ。

2——以下、「対位法」等の説明は、ウルリヒ・ミヒェルス編『図解音楽事典』（一九七七・一九八五、角倉一郎監修、一九八九・一一、白水社）、海老澤敏・上参郷祐康・西岡信雄・山口修監修『新編　音楽中辞典』（二〇〇二・三、音楽之友社）などの項目記述を参考にして、筆者が自分の理解に従ってまとめたものである。

3——大岡信・谷川俊太郎『詩の誕生』（『エナジー対話』1、一九七五・五、エッソスタンダード、一九七五・一〇、読売新聞社、二〇〇四・七、思潮社）、一八四ページ。

4——アンドリュー・ケーガン『パウル・クレー　絵画と音楽』（Andrew Kagan, *Paul klee / Art & Music*, Cornell University Press, 1983、西田秀穂・有川幾夫訳、一九九〇・七、音楽之友社）。

5——ピエール・ブーレーズ『クレーの絵と音楽』（Pierre Boulez, *Le pays fertile Paul Klee*, Éditions Gallimard, Paris, 1989、笠羽映子訳、一九九四・六、筑摩書房）。

6——ハーヨ・デュヒティング『パウル・クレー　絵画と音楽』（Hajo Düchting, *Paul Klee - Malerei und Musik*, Prestel Verlag, Munich, Berlin, London, New York, 1997、後藤文子訳、二〇〇九・五、岩波書店）。

7——ケーガン「『アド・パルナッスム』　クレー美術のモデルとしての18世紀ポリフォニーの理論と実践」（ケーガン前掲訳書）。

8——ヨハン・ヨゼフ・フックス『古典対位法』（Johann Joseph Fux, *Gradus ad Parnassum*, 1725、坂本良隆訳、一九五〇・一〇、音楽之友社）。対位法だけに（?）、対話体により、分かりやすく解説されている。

9——ケーガン前掲訳書、四〇ページ。

10——海老澤敏『モーツァルトの生涯』（一九八四・五、白水社）、四〇四～四〇五ページ。西川尚生『作曲家・

人と作品　モーツァルト』（二〇〇五・一〇、音楽之友社）、一三七～一四〇ページ。

11――パウル・クレー『クレーの日記』（Paul Klee, *Tagebücher 1898-1918*, bearbeitet von Wolfgang F. Kelsten, Verlag Gert Hatje, Stuttgart, Germany, 1988、ヴォルフガング・F・ケルステン編、高橋文子訳、二〇〇八・五、みすず書房）、三九七ページ上段。

12――同、下段。

13――パウル・クレー『造形思考』上（Paul Klee, *Das Bildnerische Denken*, Benno Schwabe & Co. Verlag, Basel, 1956, Switzerland、土方定一・菊盛英夫・坂崎乙郎訳、一九七三・五、新潮社、二〇一六・五、ちくま学芸文庫）、四四五ページ。

14――ケーガン前掲訳書、四三ページ。

15――デュヒティング前掲訳書、六五ページ。

16――これらの関係作品は、デュヒティング前掲書に図版として豊富に収録されている。

17――クレーによる天使に関わる作品の総体については、次の文献を参照した。①*Paul Klee: The Angels*, edited by Zentrum Paul Klee, Bern, Hatje Cantz Verlag, Ostfildern, 2012, Germany. これは二〇一一年から二〇一三年にかけて、ベルン、エッセン、ハンブルクを巡回したクレー展のカタログである。その中には、ユルグ・ハルターと谷川がクレーの四つの作品に詩をつけた“The Invisible Gift: A Poetic Dialogue”も収められている。②Boris Friedewald, *The Angels of Paul Klee*, translated from German by Catherine Hickley, Arcadia Books, 2016, U.K. 原著*Die Engel von Paul Klee*, DuMont Buchverlag, 2011, Cologne, Germany. 本書にはクレーの孫（フェリックスの子息）であるアレクサンダー・クレーが序文を寄せている。フリーデヴァルトの本書では、一九三一年の「天使の保護」（Angel's care）の作品群としては、六作品が数えられている（p.60）。それらの図版は①にも掲載されている。

18——コンスタンス・ノベール＝ライザー『クレー』（Constance Naubert-Riser, *Klee*, Fernand Hazan, Paris, 1986、本江邦夫訳、岩波世界の巨匠、一九九二・一一、岩波書店）、九〇ページ。

19——山田兼士「〈絵本〉の詩学——『由利の歌』から『赤ちゃんから絵本』まで」（『谷川俊太郎の詩学』、二〇一〇・七、思潮社）、二〇八ページ。

20——下記を参照した。*Paul Klee Catalogue Raisonné vol.9*, edited by the Paul Klee Foundation, Museum of Fine Arts, Thames and Hudson, Berne, 2004.

21——クレーの作品のグループ分けやグループに含まれる作品については、クレーの子息フェリックス・クレーによる「様式の変化と《集合概念の連作》」（『パウル・クレー　遺稿、未発表書簡、写真の資料による画家の生涯と作品』、Felix Klee, *Paul Klee: Leben und Werk in Dokumenten, ausgewählt aus den nachgelassenren Aufzeichnungen und den unveröffentlichten Briefen*, Diogenes, Zürich, 1960, Switzerland, 矢内原伊作・土肥美夫訳、一九六二・五、新装版二〇〇八・一〇、みすず書房）参照。

22——Boris Friedewalt, *op.cit.*, p.11. なおクレーのこの作品 Christkind ohne Flügel（「翼のないクリスマスの天使」）は、下記で確認できる。*Paul Klee Catalogue Raisonné vol.1*, *op.cit.*,1998, p.41. これは、クレーの『カタログ・レゾネ』の作品番号1の作品である。

23——エイドラ連作については、コロナ・ブックス編集部編『クレーの贈りもの』（二〇〇一・一一、平凡社）参照（一一四〜一一六ページ）。また、フェリックス・クレー「様式の変化と《集合概念の連作》」（前掲）にも「エイドラ＝ヴァイラント（EIDOLA＝WEILAND）」のグループがリストアップされている。

24——新藤真知『もっと知りたい　パウル・クレー　生涯と作品』（二〇一一・五、東京美術）、七二〜七三ページ。

25——Christine Hopfengart, "Hovering: Klee's Angels as Personifications of Transition", translated from German by

Melissa Hause, *Paul Klee: The Angels*, *op.cit.*, p.9. ホッフェンガルトによれば、クレーの作品が「転移」の過程にあることを示す徴表は、「天使、まだ手探りしている」(Engel, noch tastend) などの題名にしばしば現れる'noch'(still、まだ)という語彙である (p.12)。

26——Christine Hopfengart, *op.cit.*, p.10.

27——前田富士男・宮下誠ほか『パウル・クレー 絵画のたくらみ』(二〇〇七・一、新潮社)、九五ページ。

28——前掲の *Paul Klee: The Angels* の年代を追った作品解説では、「堕天使、神と悪魔の間で」の表題の下に、一九三三年にクレーの天使画に「暗黒面」(the darker side) が初めて現れるとされている。それらには、ルシフェル、メフィストフェレス、堕天使が描かれ、善と悪との混合、二重の意味、攻撃や崩壊の相が見られるという ("Works", translated from German by Melissa Hause, *Paul Klee: The Angels*, p.36)。

29——岡田温司『天使とは何か キューピッド、キリスト、悪魔』(二〇一六・三、中公新書)。

30——同書、二〇〇~二〇一ページ。

31——同書、二〇二ページ。なお、クレーの「新しい天使」が、ベンヤミン、テオドール・W・アドルノ、ゲルショム・ショーレムの手を転々とし、最終的に一九八七年、イスラエル美術館に所蔵される至った経緯については、前掲の *Paul Klee: The Angels* に収録された Reto Sorg, "The Angel of Angels: Paul Klee's Angelus Novus" が詳しい (translated from German by Melissa Hause)。

32——Gregor Wedekind, "With a View to Something Higher; The Para-Spiritual Art of Paul Klee", translated from German by Melissa Hause, *Paul Klee: The Angels*, *op.cit.*, pp.110-111.

33——ジャック・アタリ『音楽/貨幣/雑音』(Jacques Attali, *Bruits, Essai sur l'economie politique de la musique*, Presses Universitaire de France, Paris, 1977、金塚貞文訳、一九八五・九、みすず書房)。

34——ロラン・バルト「ムシカ・プラクティカ」(Roland Barthes, «Musica practica», *Arc*, 1970、沢崎浩平訳『第

三の意味　映像と演劇と音楽と』、一九八四・一〇、みすず書房)。西洋音楽における作曲・演奏・聴取の分化の歴史については、村田千尋『西洋音楽史再入門　4つの視点で読み解く音楽と社会』(二〇一六・七、春秋社)参照。

その他の参考文献（第4章・第5章共通）

海老澤敏監修『モーツァルト大事典』(一九九六・四、平凡社)

ニール・ザスロー、ウィリアム・カウデリー編『モーツァルト全作品事典』(*The Compleat Mozart: A Guide to The Musical Works of Wolfgang Amadeus Mozart*, edited by Neal Zaslaw, William Cowdery, New York & London, W.W.Norton, 1990、森泰彦監訳、二〇〇六・一二、音楽之友社)

宮下誠『パウル・クレーとシュルレアリスム』(二〇〇八・三、水声社)

宮下誠『越境する天使　パウル・クレー』(二〇〇九・一二、春秋社)

大岡信解説『クレー』(座右宝刊行会編、世界の美術24、一九六四・九、河出書房新社)

大岡信解説『クレー』(日本アートセンター編、新潮美術文庫50、一九七六・五、新潮社)

西田秀穂解説『クレー』(一九七五・八、カンヴァス世界の名画23、中央公論社)

エンリック・ジャルディン『PAUL KLEE』(Enric Jardin, *PAUL KLEE*, 1990, Ediciones Poligrafa, Barcelona, Spain、佐和瑛子訳、一九九二・一二、美術出版社)

ダグラス・ホール『クレー』(Douglas Hall, *Klee*, 1992, Phidon Press, Singapore、前田富士男訳、二〇〇二・一〇、新装版二〇一二・六、西村書店)

荒木博之『やまとことばの人類学　日本語から日本人を考える』(一九八三・一二、朝日選書)

河出書房新社編集部編『やまとことば　美しい日本語を究める』(原題『ことば読本　やまとことば』、一九八

九・七、河出書房新社、二〇〇三・三、河出文庫）
中西進『ひらがなでよめばわかる日本語』（二〇〇八・六、新潮文庫）
沖森卓也『日本語全史』（二〇一七・四、ちくま新書）
今野真二『漢字とカタカナとひらがな　日本語表記の歴史』（二〇一七・一〇、平凡社新書）
谷川俊太郎『クレーと黄色い鳥のいる風景』（二〇一一・一、博雅堂出版）

第6章　挑発としての翻訳――谷川俊太郎の英訳併録詩集『minimal』

1――ウィリアム・I・エリオット『A TASTE OF TANIKAWA 谷川俊太郎の詩を味わう』（西原克政訳、二〇二一・九、ナナロク社）、一四ページ。
2――同、一一三ページ。
3――谷川俊太郎・田原・山田兼士「新詩集『minimal』をめぐって」（『谷川俊太郎《詩》を語る　ダイアローグ・イン・大阪 2000～2003』、二〇〇三・六、澪標）、一一四ページ。
4――同、一一六ページ。
5――谷川俊太郎・尾崎真理子『詩人なんて呼ばれて』（二〇一七・一〇、新潮社）、二九一ページ。
6――谷川俊太郎・山田馨『ぼくはこうやって詩を書いてきた　谷川俊太郎、詩と人生を語る』（二〇一〇・七、ナナロク社）、四九五～四九六ページ。
7――同、四九九ページ。
8――北川透「漂流することばの現在――詩集『minimal』について」（『谷川俊太郎の世界』、二〇〇五・四、思潮社）、一八六～一八七ページ。
9――谷川俊太郎『虚空へ』（二〇二一・九、新潮社）、一九八ページ。

10――谷川が用いている「行脚」という言葉は、英語の line や verse にあたるものと思われる。通常は、「あんぎゃ」(巡り歩くこと、また巡り歩いて修行することの意) と読む。
11――山田馨「谷川俊太郎年譜」(前掲『ぼくはこうやって詩を書いてきた』)、七二七ページ。
12――田原「神は死んだが、言葉は生きている――『minimal』論」(『谷川俊太郎論』、二〇一〇・一二、岩波書店)、一六一〜一六二ページ。
13――山田馨「谷川俊太郎年譜」(前掲)、七二八ページ。
14――谷川・田・山田「新詩集『minimal』をめぐって」(前掲)、一一一〜一一二ページ。
15――田原「神は死んだが、言葉は生きている」(前掲)、一六〇ページ。
16――谷川・田・山田「新詩集『minimal』をめぐって」(前掲)、一一五ページ。
17――山田兼士「谷川俊太郎の二十一世紀詩――『minimal』から『夜のミッキー・マウス』へ」(『谷川俊太郎の詩学』、二〇一〇・七、思潮社)、六〇ページ。
18――谷川・田・山田「新詩集『minimal』をめぐって」(前掲)、一一五〜一一六ページ。
19――同、一一六〜一一七ページ。
20――秋草俊一郎「自己翻訳とは何か」(『ナボコフ　訳すのは「私」　自己翻訳がひらくテクスト』、二〇一一・二、東京大学出版会)、二〇ページ。

第7章　発語の瞬間を見つめて――谷川俊太郎『ベージュ』など

1――詩集『ベージュ』の目次は次の通りである。「／」は一行空き、《》は章題を表す。
「あさ」「香しい午前」「退屈な午前」「イル」「この午後」「その午後」／「にわに木が」／「階段未生」「この階段」「路地」／《十四行詩二〇一六》「日々のノイズ」「詩人の死」「明日が」「新聞休刊日」「川の音

楽」「人々」「夜のバッハ」「六月の夜」「泣きたいと思っている」／「蛇口」／「「その日」」「窓際の空きビン」「汽車は走りさり　わたしは寝室にいる」「顔は蓋」「朕」「色即是空のスペクトラム」／「何も」「裸の詩」「言葉と別れて」「詩の捧げ物」「どこ?」／「あとがき」。

2――「アウシュヴィッツ以後、詩を書くことは野蛮である」（テオドール・W・アドルノ「文化批判と社会」、『プリズメン　文化批判と社会』、一九五五、渡辺祐邦・三原弟平訳、一九九六・二、ちくま学芸文庫、三六ページ）。

3――「メタフィクション」（metafiction）の「フィクション」は概ね虚構ではなく小説の意味であり、通例「メタフィクション」は「メタ小説」を指す言葉である。ここではこれを拡張し、「フィクション」のもう一つの主要な意味である虚構の要素を重視し、詩を「メタ虚構」（虚構についての虚構）と見なすものである。なお中村三春「松浦寿輝　詩のメタフィクション」（『フィクションの機構2』、二〇一五・二、ひつじ書房）参照。

4――「名辞以前」に関する中原中也の同様の言葉は、「宮澤賢治の世界」（『詩園』一九三九・八）にも見える。谷川俊太郎は、『詩を書くということ　日常と宇宙と』（二〇一四・六、PHP研究所）において、「いわゆる『集合的無意識』という言葉がありますが、宮沢賢治も『無意識即でないと言葉は信用できない』って言うし、中原中也も『名辞以前』みたいな言い方をしますよね。だから、詩人というのは、やはり普通に流通している言葉より、もっと前の言葉と言えばいいのかな……、言葉になりかかっている言葉から、言葉を探し出してくるようなことがあるんじゃないでしょうか」と語っている（四九ページ）。

5――『虚空へ』は、目次によると八八編の詩がアステリスクで区切られた五部と「拾遺」の計六部に分けて構成されている。このうち、「拾遺」の部の詩以外の題名は、本文では（　）に括られているが、目次では（　）がない。本書における引用は、本文に従う。

跋

絵本『ぼく』のまわり

谷川俊太郎が詩を書き、絵本の仕事はこれが初めてというイラストレーターの合田里美が絵を描いた絵本『ぼく』（二〇二二・一、岩崎書店）は、刊行後、ちょっとした話題を呼んだ。これは、「死をめぐる絵本シリーズ　闇は光の母」（命名・谷川俊太郎）の一冊であり、「ぼくは　しんだ」「じぶんで　しんだ／ひとりで　しんだ」と開幕する。二〇二二年二月一二日、NHKはETV特集として「ぼくは　しんだ　じぶんで　しんだ　谷川俊太郎と死の絵本」と題する約一時間の番組を放送し、NHKオンデマンドでも配信された。ウェブ配信の普及も加わって、TVの影響力は今もなお強い。この番組は谷川が書いた原詩を元に、谷川と合田が編集者の筒井大介と堀内日出登巳を介して、主にメールによる一〇か月に及ぶやり取りを重ね、出版に漕ぎつけた経緯をまとめたものである。これは主として、ラフ画作成の過程において、谷川が念頭に置くテクストの趣意を合田がどのように受け止めたか、どのようにその構想が変化して行ったか、たとえば絵にのみ現れるスノードーム（スノーグローブ）がいかなるものとして描かれるべきか、など制作の経緯を丹念に追った、すぐれた映像記録である。

谷川が番組中で、できるだけ無口な絵本にしたいと発言したように、右のようなひらがなの数文字のみによる、ほぼ二文節の文が、見開き二ページに一～二行ずつ続くこのテクストは、確かに無口な詩となっている。これは、本書で取り上げた「さようなら」（『はだか』）や「泣いている天使」（『クレーの天使』）にも匹敵する、緊張感に満ちた超絶的なひらがな詩である。「あおぞら　きれいだった／ともだち　すきだった」「でも　しんだ／ぼくは　しんだ」と展開するこの詩は、詩行の反復と、それを微妙に変化させ、ずらして行く対位法的構成を基本とし、典型的に谷川の詩法に則っている。しかし、言うまでもなく絵本では、絵の比重が非常に大きい。「ぼく」がどのような街と部屋に住み、学校・海浜・川辺・街中などでどのように暮らし、級友らと交わったか、「ぼく」と宇宙との交感はどのようなものだったか、これらはすべて絵でのみ示され、テクストには現れていない。それでも、番組による限り、これらの絵の多くには谷川の提示するコンセプトが強く反映されていることが明らかである。

しかし、「ぼく」の内面や宇宙と繋がっているスノードームの絵は、初め合田が描いて提案し、それを谷川が受け入れて調整して行ったものだった。番組の最後には、逆に谷川が購入したスノードームに合田らが興味を示すシーンがある。また、現行のテクストで「いちばんに　なりたかった／かねもちに　なりたかった」「でも　しんだ／ぼくは　しんだ」の後には、当初「おとうさんえらくなっても／おかあさんをきらいにならないで」とあった。これに対して編集者の筒井が、ジェンダーロールの固定化とも見えかねないと進言したところ、谷川はこれを受け入れて、この二行はいったん削除された。そのため、これが入っていた見開き二ページは、テクストのない夜の街の絵だけになるはずだったが、後に谷川がそこに「いなくなっても／いるよ　ぼく」という決定的なテクストを挿入したという。

　これらのことは、谷川のテクストを元にした絵本の制作が、どれほど本質的な部分にも関わりながら、画家や編集者とのコミュニケーションを繰り返して行われたかを示している。本書で論じた概念で言えば、それは相互の触発であり、自己を他者・他物と接続する手法であるということになる。絵本制作でこれほどのやり取りを行ったのは初めてと谷川は番組中で発言していたが、このような作業は、かつて谷川が様式の核としたエディティングやモンタージュ、アプロプリエーションの手法と、精神としては通底するものがある。無口なテクストとしたいという一方で、谷川はこの番組で、テクストには限界があり、絵があると伝えられるとも語っている。スノードームのアイデアが活用され、重要な要素となったこと一つを取っても、その意思は活かされていると言える。

　文字通りに読めば子どもの自死を描いたこの絵本の巻末には、筒井と堀内の連名で「編集部より」と題するテクストが一ページに亙って付記されている。番組によれば、これは谷川の了承を得て記載したものだという。「まず最初に、このようにつたえさせてください。／／『死なないでください』」、「この絵本は『ぼく』が周囲に語らなかった声、気持ちを、わからないながらも、聞こうとし、知ろうとする、『ぼく』のことを考える絵本です」、「その問いは『自分自身がどう生きたいか』という問いにもつながります」（原文総ルビ）。子ども向けの絵本として見る時、このように記す編集者の意図はよく理解できる。とはいえ、この絵本が、「ぼく」の「声」「気持ち」を明確な思想として伝えたり、それを元に読者が具体的な生き方に結びつけるような性質のものでないことは明らかだろう。番組の最後の方で、「読者に伝えたいメッセージは？」と聞かれた谷川は、「一切ないですね」と即答していた。それに続けて谷川は、読者も子どもも一人一人違い、一般的なメッセージとして言えることはなく、そもそも意味偏重の世の中で、言葉を介さないで存在を伝えることが大事だと言う。「意味付けないで　じっと見つめる」ことだ、とも。番組の終わりに、実際にこの絵本を読んだ子どもたちの読後感が紹介されており、それらはまさしくばらばらだった。

読むということはそのようなことであり、書くということはそのようなことなのである。いかにも無口な詩集となった『虚空へ』（二〇二一・九、新潮社）が、「エコ詩集」（谷川）である『minimal』（二〇〇二・一〇、思潮社）を先蹤として書かれたことも想起される。それにしても、沈黙と存在（実存）、そして言葉をめぐる谷川の態度は、初期から今日に至るまで、実に一貫して変わることがない。自死をテーマに、画家および編集者との間で、これほど相互の接続関係を取り結んで展開した絵本『ぼく』においても、現代芸術家、谷川俊太郎の様式は貫徹されているというほかにない。

＊

本書の内容は、筆者が長年に亙って愛読してきた谷川俊太郎の詩に対して、自分なりの観点から論じようと試みた結果である。一九七五年一〇月、高校生だった筆者は、角川文庫の『谷川俊太郎詩集』を購入した。その本は後の角川文庫版Ⅰ・Ⅱの『空の青さをみつめていると』と『朝のかたち』の二冊のうち、前者の元となった旧版であるが、大半の内容と大岡信による丁寧な解説は当時から同じである。それまで筆者が読んで模倣していた高村光太郎・室生犀星・中原中也などとは全く異なる、谷川詩の現代的な言葉遣いと発想に感心し、その後も文庫本・廉価版や古書を中心に、ぽつりぽつりと谷川の詩集を買い集めていた。やや学術的に論じたのは、一九九〇年代に入ってから『六十二のソネット』や『定義』を中心として、沈黙の言葉や存在論的な様式をテーマとして大学の講義で取り上げたのが最初である。その内容は後に、学会発表と学会誌掲載を経て、本書の序でも紹介した拙著『フィクションの機構2』所収の論考「谷川俊太郎――テクストと百科事典」となった。その後、小説テクストの研究や文芸理論の探索や、文芸と映画との関わりの検証に時間を割いている間も、谷川の詩についてまとまった文章を書きたいという思いが脳裡から去ることはなかった。出会いから五〇年近く経って、ようやく現代芸術の観点から谷川のテクストについて、ささやかながら論じることができた。しかし、谷川の活動と所産は果てしもなく広く、本書はその中のごく一隅のみを照らしたに過ぎない。

怠惰な筆者は、学会・研究会で口頭発表を行い、それを論文の形にして紀要・雑誌に掲載して、一章一章積み重ねて行く書き方しかできない。本書の中心部分となる第2章から第6章までの五章は、日本比較文学会北海道支部主催の研究会で口頭発表し、北海道大学大学院文学研究院の紀要に執筆したものである。詩人や詩誌と繫がりがあるわけでもなく、いつも自己流で独断的な見解を提出する筆者を、孤立無援の状況から救ってくれたのは、この北海道支部の皆さんであったと感じている。記して深く謝したい。第1章は、武蔵野大学の土屋忍教授のお招きにより、武蔵野大学の紀要に寄稿した内容を元にしている。また第7章は、北京科技大学の王書瑋教授からのお誘いで、オンライン方式で開催された同大学主催の「平成文学と高齢化社会」研究会（二〇二一・八・二一）において口頭発表した内容が元になっている。お二人の教授にも謝意を表したい。

七月社の西村篤社主兼編集長には、『〈原作〉の記号学　日本文芸の映画的次元』と『接続する文芸学　村上春樹・小川洋子・宮崎駿』に引き続き、出版のお世話になった。本書で論じている触発による創造は、物語における接続の一様態でもあり、従って本書は『接続する文芸学』の現代詩編とも言える。またそれは第二次テクストの問題を扱った『〈原作〉の記号学』から地続きのものでもある。すなわちこれらは、いわば筆者の〈接続〉三部作をなす。これまで西村氏には一貫して、本文の組版・校正はもとより、装丁や帯の内容まで、隅々まで配慮を尽くしていただき、その本造りには信頼の念を重ねるばかりである。改めて深謝したい。

ＮＨＫ・ＥＴＶ特集で、書斎に腰を下ろして語る詩人の語り口とたたずまいを視聴しながら、二〇二一年の冬に亡くなった筆者自身の父を思い出さずにはいられなかった。亡父は谷川と同じ一九三一年の生まれで、後に俊太郎の父谷川徹三が総長を務めた法政大学で学び、岩手県で高校の国語教員として教鞭を執った。そういえば父の遺品には、父が若い頃書いていた、立原道造ばりの詩の草稿があった。父は、モーツァルトが好みで、違う演奏家による交響曲全集のCDを何組も買い求めていた。そんな父が本書を読んだなら、何と言っただろうか。

本書の刊行にあたり、北海道大学大学院文学研究院より、令和四年度一般図書刊行助成を受けた。

二〇二二年九月二五日

驟雨一過秋晴れの札幌市にて　　中村三春

●——初出一覧（原題）

第1章「断片と連環の美学——谷川俊太郎『六十二のソネット』論序説」（『武蔵野大学　武蔵野文学館紀要』6、二〇一六・三）

第2章「谷川俊太郎と〈流用アート〉序説——『定義』『コカコーラ・レッスン』『日本語のカタログ』など」（『北海道大学文学研究院紀要』158、二〇一九・七）

第3章「序説・現代芸術としての谷川俊太郎の詩——ひらがな詩・翻訳・『私性』」（『北海道大学文学研究院紀要』160、二〇二〇・三）

第4章・第5章「ひらがなの天使——谷川俊太郎におけるクレーとモーツァルト」（『北海道大学文学研究院紀要』165、二〇二一・一二）

第6章「谷川俊太郎の英訳併録詩集——『minimal』を中心として」（『北海道大学文学研究院紀要』167、二〇二二・七）

第7章「言葉には老いがない——谷川俊太郎『普通の人々』『ベージュ』『どこからか言葉が』など」（『層　映像と表現』14、二〇二一・三）

谷川俊太郎主要著作索引（共著者、刊行年）

事項・人名索引

［著者略歴］
中村三春（なかむら・みはる）
1958年岩手県釜石市生まれ。東北大学大学院文学研究科博士後期課程中退。博士（文学）。北海道大学大学院文学研究院教授。日本近代文学・比較文学・表象文化論専攻。著書に『〈原作〉の記号学　日本文芸の映画的次元』、『接続する文芸学　村上春樹・小川洋子・宮崎駿』（以上、七月社）、『フィクションの機構』1・2、『新編 言葉の意志　有島武郎と芸術史的転回』、『修辞的モダニズム　テクスト様式論の試み』、『〈変異する〉日本現代小説』（以上、ひつじ書房）、『係争中の主体　漱石・太宰・賢治』、『花のフラクタル　20世紀日本前衛小説研究』、『物語の論理学　近代文芸論集』（以上、翰林書房）、編著に『映画と文学　交響する想像力』（森話社）など。

ひらがなの天使（てんし）——谷川俊太郎（たにかわしゅんたろう）の現代詩（げんだいし）

2023年2月28日　初版第1刷発行

著　者……………………中村三春
発行者……………………西村 篤
発行所……………………株式会社七月社
〒182-0015 東京都調布市八雲台2-24-6
電話・FAX 042-455-1385
印　刷……………………株式会社厚徳社
製　本……………………榎本製本株式会社

Printed in Japan ISBN 978-4-909544-30-8 C0095

〈原作〉の記号学——日本文芸の映画的次元

中村三春著

原作の変異としてある文芸映画が、にもかかわらず、かけがえのない固有性を帯びるのはなぜか。すべての創作物を第二次テクストとして見る立場から作品を分析し、オリジナリティという観念に揺さぶりをかける。

四六判上製288頁／本体3200円＋税
ISBN978-4-909544-01-8 C0074

接続する文芸学——村上春樹・小川洋子・宮崎駿

中村三春著

物語を語り、読むことは、私を私ならざるものに接続することである。語り論、比較文学、イメージ論、アダプテーション論を駆使して、物語が織りなす〈トランジット〉の跡をたどり、その多彩な接続の様態を解き明かす。

四六判上製352頁／本体3500円＋税
ISBN978-4-909544-22-3 C0095

ジブリ・アニメーションの文化学——高畑勲・宮崎駿の表現を探る

米村みゆき・須川亜紀子編

類稀な作家性とそれを支える技術力で、世界を虜にするスタジオジブリ。見て楽しく、考えて深い、その魅力の秘密を、最先端アニメーション研究の多彩なアプローチから解き明かす。

四六判並製352頁／本体2200円＋税
ISBN978-4-909544-28-5 C0074